こちら訳あり王女です。熱烈求婚されたので塩対応したのですが、王子が諦めてくれません！

月神サキ

Saki Tsukigami Presents

fairy kiss

この作品はフィクションです。
実際の人物・団体・事件などに一切関係ありません。

こちら訳あり王女です。熱烈求婚されたので
塩対応したのですが、王子が諦めてくれません！

序章　突然のプロポーズ

黄金で塗り固められた絢爛《けんらん》豪華な廊下を粛々と進む。

廊下の端に寄った使用人たちが頭を下げながらもこちらを窺《うかが》っていたが、気にせず前を歩く父だけを見つめた。

ここはウェスティア帝国のテレスティリア城。

ウェスティア帝国は砂漠の中央西側に位置する国。我がアンティローゼ王国の隣国で、非常に好戦的な国として知られている。

これまでに何度も戦争を引き起こしており、我が国も八年前軍事侵攻を受けた。

戦争は一年にも亘《わた》り、中立国として知られるヴィルディング王国の仲介で停戦合意となったが、ウェスティア帝国に比べて弱小国であるアンティローゼ王国は被害甚大。

今も、完全復興には至っていない。

そんな国へ父とふたり訪れたのは、四カ国会議が行われることになったからだ。

四カ国会議というのは、数年に一度近隣の四カ国で行われる国際会議のこと。

主に輸出入の関税についての話し合いが行われる重要な会議だ。

出席国はウェスティア帝国とアンティローゼ王国、ヴィルディング王国。そしてサルーン王国。サルーン王国はウェスティア帝国と並ぶ強国で、アンティローゼ王国の東側に位置する。我が国は強国として知られる両国に挟まれているのだ。

幸いにもサルーン王国は戦争好きというわけではないが、外交や情報戦に優れており、気を抜くことはできない。

今回の四カ国会議は四年ぶりに行われるのだけれど、どの国も一癖どころか二癖も三癖もあるので、父からは気をつけるようにと繰り返し忠告されていた。

「ルル、気を抜くなよ」

前を歩いていた父が微《かす》かに振り返り、私に言った。

ルルとは私の愛称だ。

正式には、ルルーティア・アンティローゼ。

今年十九歳になる、アンティローゼ王国第一王女である。

「……分かっております、お父様」

父の言葉にしっかりと応える。

目の端に濃い赤色が映った。

私が着ているのはカフタンと呼ばれる民族衣装で、前開きのガウンのような形をしている。

我が国では平民から王族まで男女問わず幅広く着用しているものだが、身分によって豪奢《ごうしゃ》さや丈などが違う。

王族なら高価な生地かつ金糸で刺繍《ししゅう》が施されたカフタンを着るのがマナーだった。

ちなみにカフタンの下にはシャルワールと呼ばれる幅広のパンツを穿《は》くのが基本だが、同じ色合いのドレスを着る女性も多い。私も今回、そうしている。

帽子の類いは被《かぶ》らず、代わりに金の髪を結い上げ、目の色と同じ青色の宝石をいくつも連ねた髪飾りを挿した。

父は基本的なカフタンスタイルだ。国王らしく裏地には高価な毛皮を使用している。

「うわ……」

「え……」

謁見の間へ父とふたり向かっていると、ちょうどその部屋から出てきたと思われる同い年くらいの青年と目が合った。

――あら、綺麗《きれい》な人。

アメジストを思わせるような紫色の瞳に目が行く。

髭《ひげ》もなくすっきりとした顔立ちだ。陶器のように滑らかな肌は白く、清潔感がある。

髪は白っぽい銀色で日も当たらないのにキラキラと輝いていた。片目が隠れるような髪型だが、邪魔ではないのだろうか。

体格は細身で、チョハと呼ばれる民族衣装を着ている。長い丈のすっきりした格好だ。胸にガズィリと呼ばれる特徴的な筒状のポケットがある。色は黒で、同じ色の長靴を履いていた。

立ち姿が美しく、自然体なのにただ者ではないオーラを感じる。

チョハはサルーン王国の民族衣装だ。ということは、彼はサルーン王国の関係者なのだろう。そんな彼は、私を不躾《ぶしつけ》なくらい凝視してきた。

最初に驚きの声を上げた以外、一言も発しない。

「……あの？」

いつまでも見つめられているのが気まずく、声を掛ける。

それでも彼はウンともスンとも言わない。

呆《ほう》けたように私を見つめているだけだ。

そんな彼に痺《しび》れを切らした父が声を掛けた。

「トラヴィス殿」

「……トラヴィスって……えっ、トラヴィス殿下？」

父の言葉に反応した。

トラヴィス王子は、サルーン王国の王太子で今年二十歳になる若者だ。

優秀な王子で、すでに父王の業務の大半を請け負っているのだとか。

どうやら今回の四カ国会議にも来ていたらしい。

私はずっと国内にいて、外国に来たのはこれが初めてだから、トラヴィス王子と面識はなかった。

大国であるサルーン王国の王太子相手に無礼な真似はできない。

こちらは大国に挟まれた、まだ戦争の傷跡の残る小国なのだ。サルーン王国は好戦的な国ではないが、印象を悪くするのは避けたかった。

淑女らしく挨拶をする。

「初めまして。ルルーティア・アンティローゼと申します」

「……えっ、あ、うん……」

顔を上げ、彼と再度目を合わせる。

トラヴィス王子は顔を赤くして、私を見ていた。目を何度も瞬かせ、信じられないというように首を左右に振っている。

「……殿下？」

「あ、いや、その……ごめん。名乗ってもらったのに失礼な態度を取ってしまったね。僕はトラヴィス・サルーンだ」

名乗りつつも、まだこちらを見てくる。その態度に私だけではなく父も怪訝《けげん》な顔をした。

「トラヴィス殿？」

「……い、いや、そのなんというか……うん、衝撃で。運命ってこんなに突然やってくるんだって実感していたというか」

「運命？」

何を言っているのか、この人は。

父とふたりで首を傾《かし》げる。というか、皇帝に挨拶がしたいのでそこを退《ど》いてはもらえないだろうか。

彼のすぐ後ろが謁見の間への扉なので、非常に邪魔なのである。

扉前にいる帝国兵も困った顔をしていた。予定があるのにと言いたいのだろう。分かる。

「うん……よし」

どうしようと悩んでいると、何かを決意したかのようにトラヴィス王子が頷《うなず》いた。

真っ直《す》ぐ私の方へと歩いてくる。

そうして目の前まで来たかと思うと、その場に跪《ひざまず》いた。

「えっ……?」

何事、と大きく目を見張る。そんな私にトラヴィス王子は甘ったるい笑みを浮かべ、だけどとても真剣な顔をして言った。

「君に一目《ひとめ》惚《ぼ》れしたんだ。僕と結婚して欲しい」

第一章　しつこい男

トラヴィス王子の発した言葉に、その場はしんと静まり返った。

廊下の隅で頭を下げていた使用人たちも、謁見の間の扉前に立っていた帝国兵も、皆、呆然《ぼうぜん》とした顔で私たちを見つめている。

そんな中、トラヴィス王子は跪いたまま更に口を開いた。

「ひと目見て理解したんだ。僕は君を待っていたんだって。是非、君を妻に迎えたい。頷いてくれるよね？」

断られるなんて思いもしないという態度でトラヴィス王子が手を差し出してくる。

それを唖然《あぜん》と見つめた。

——私を妻に迎えたい？

これは何かの冗談だろうか。いや、父を前に冗談を言うはずがない。

チラリと横目で父を見る。

ウェスティア帝国に疲弊させられた弱小国のアンティローゼにとって、大国であるサルーン王国からの申し出は有り難いものでしかない。

普通なら大喜びする話である。

そう、普通なら。

父が物言いたげな視線を送ってきた。私も静かに頷きを返し、きっぱりと彼に告げる。

「お断りいたします」

「えっ、なんで!?」

吃驚《びっくり》した顔でトラヴィス王子が立ち上がる。私は冷ややかな目を彼に向けた。

「簡単です。私たちは初対面で、私はあなたのことを何も知りません。それで『はい』と頷けるはずないとは思いませんか」

理由としては妥当だろう。そう思ったがトラヴィス王子は食い下がってきた。

「そんなの関係ない。だって分かったんだ。僕の運命の人は君だってね」

「運命論は信じていません」

「奇遇だね。僕もだよ。でもこうして君に一目惚れしたわけだから、やっぱりあるんじゃないかな」

ね、とウインクされ、鳥肌が立った。

――うわ。

ゾッとした。

私は軟派で軽い男が苦手なのだ。特に歯の浮くような台詞が駄目。信用できないし、嘘《うそ》くさいと思ってしまう。

思わず顔を歪《ゆが》めたが、トラヴィス王子は逆にふわりと笑った。

「せっかく綺麗な顔をしているんだから笑顔を見たいな。アンティローゼの第一王女が三国一の美女という噂《うわさ》は聞いていたけど本当だったんだね。こんなに綺麗な人は初めて見たよ」

「……」

うっとりと告げられ、真顔になる。

この手の言葉はアンティローゼでも耳が腐るほど聞いた。

皆、私の顔にしか興味がなく、少し冷たい対応をしただけで「思っていたのと違う」と文句を言ってくる。

綺麗と言ってもらえるのは嬉《うれ》しいけれど、それ以上に酷《ひど》いことを言われることが多いので、顔で寄ってくる男はキザな男よりも更に嫌いだった。

「お引き取りください。今から皇帝陛下にご挨拶しなければならないのです」

抑揚なく告げる。

いい加減、謁見の間の前でうだうだするのも限界だった。

私が苛々《いらいら》しているのは分かっているだろうに、彼はこたえた様子もなく笑っている。

「君、結構塩対応な人なんだね。でも、そういうところ可愛《かわい》いって思うよ」

「……」

「うーん、綺麗で可愛いとかすごいな。全方向に隙がなくて吃驚するよ。でもそんな君だから惚れたのかもね」

「……トラヴィス殿下」

いい加減にしてくれという気持ちを込めて名前を呼ぶと、さすがにこれ以上邪魔はできないと悟ったのか、横に退いてくれた。

「ごめん。皇帝陛下に挨拶をするんだったね。よかったらまたあとで話そう。君のことを知りたいし、僕のことも知ってもらいたいから」

「結構です」

「じゃあ、あとでね」

断ったのに「あとで」と言う図太すぎる男に顔が引き攣《つ》る。彼は笑顔で手を振ると、颯爽《さっそう》と廊下を歩いて行った。

その背中をなんとなく見ていると、殆《ほとん》ど口を挟まなかった父が小声で言った。

「——サルーン王国の王太子、か。ウェスティア帝国に並ぶ大国。本来であれば願ってもない良縁ではあるが……分かっているな？」

「もちろん、分かっております」

試すような口振りに、頷きを返す。

私の意思がしっかりしていることを確認した父が満足したように頷く。

謁見の間、その扉の前に立つ帝国兵に声を掛けた。

「皇帝陛下にお会いしたい」

「アンティローゼ王国の国王陛下と王女殿下ですね。お入りください」

帝国兵の言葉と共に扉が開く。

両開きの扉が全開になった。広い謁見の間の一番奥。他より高い場所に、豪奢なマントを着た五十代くらいの男性が座っている。

黒髪でガリガリに痩せた、けれども鋭い目つきをした人。

彼こそがウェスティア帝国のエルン皇帝だった。

「……」

まずは父が入り、続いて私も謁見の間へと足を踏み入れる。

廊下で見た以上の黄金に彩られた謁見の間はピカピカで眩《まぶ》しいほどだった。

敷いてある絨毯《じゅうたん》も金糸がふんだんに使われたもので、戦争のあとで質素倹約を強いられているアンティローゼとは大違いだ。

謁見の間には小さな窓があり、外からの空気を取り入れられるようになっていた。人は入れないくらいの本当に小さな窓だ。その窓が開いており、そのお陰か室内の空気は爽やかだった。

皇帝の近くまで行くも、皇帝は立ち上がりすらしなかった。

私たちを対等な相手だとは見ていないという意思表示だろう。隣国かつ独立国に対して失礼極まりない話だが、文句を言うことはできなかった。

そうされるだけの理由があるのだ。父も黙って頭を下げていた。

「よく来た」

皇帝に声を掛けられ、父が頭を上げる。

皇帝は肘置きに肘を突いて、怠《だる》そうな態度だ。

父が挨拶をする。それに鷹揚《おうよう》に頷いたあと、皇帝は私に視線を向けた。

「ほう、その娘が例の」

「……はい。私の娘です」

父が頷く。私も父の少し後ろで頭を下げた。

「面《おもて》を上げよ」

言われるままに顔を上げる。値踏みするような視線が気持ち悪かったが、耐えた。

だって私はこのために来たのだ。覚悟はすでに決めている。

「……なるほど。これは美しい」

合格という風に言われ、ホッと胸を撫《な》で下ろす。

気に入られなかったらどうしようかと思った。

皇帝と父が話し出す。それを私は一歩下がった場所で黙って聞いた。

謁見の間に響くのはふたりの声だけ。そんな中、小さな鳥の声が聞こえてきた。

『ピッ、ピピッ……』

こんなところに何故鳥がと思い顔を上げると、先ほど確認した小窓から青い鳥が侵入している。

鳥は元気よく羽ばたき、謁見の間を好き放題飛び始めた。

「こ、こら」

皇帝の近くに控えていた帝国兵たちが捕まえようとやっきになるも、皇帝が片手を上げて静かにさせた。

「よい」

鳥に向かって腕を伸ばす。

来いというような動きに反応し、鳥が皇帝の腕に止まった。

その鳥を一撫でし、皇帝が呟《つぶや》く。

「――忘れていたな。そういえば、私も小鳥を飼っている。元気な小鳥だが、あまり外を恋しがるようなら風切羽を切らねばならぬかと思っているところだ」

こちらに視線を送っての言葉に、父と私がビクリと身体を揺らす。

『鳥』が比喩にすぎないというのは私たちにはよく分かっていた。

何も言えない私たちに皇帝が意地悪い質問をしてくる。

「一応聞いておこうか。お前はどうするべきだと思う？」

父は顔を歪めたが、すぐに頭を下げ「――皇帝陛下の望まれるままに」と答えた。

「そうか」

「はい。……小鳥は皇帝陛下のもの。皇帝陛下が望まれるようにするのが正しいかと」

「なるほど、よく分かった。そうしよう」

「……」

父と皇帝の会話を聞いていられず、顔を伏せた。

「――娘は下がって良い」

早くこの苦痛な時間が終わらないかと思っていると、興が醒《さ》めたというように皇帝が告げた。

ハッとし、父を見る。

父は黙って頷きを返してきた。言う通りにしろということだろう。

「失礼いたします」

辞去の挨拶をし、ひとりで謁見の間を出る。

外に出た途端、ドッと疲れが押し寄せてきた。無意識の緊張が解けたのだろう。

疲労感にぐったりしながらも、滞在期間中の住処となる部屋へと戻る。

部屋までは帝国兵が付き添ってくれた。

帝城内に用意された部屋に入ると、私付きの女官が出迎えてくれた。名前はナリッサ。

「姫様」

近眼なので眼鏡を掛けている。

いつもオレンジ色の髪を三つ編みにして纏《まと》めているのだけれど、縄のように太く見えるのが困りものだと本人がぼやいていた。体つきはふっくらしていて胸はかなり大きい。

カフタンではなくアンティローゼの女官服を着た彼女は、私の顔を見るとホッと息を吐き出した。

嬉しげに駆け寄ってくる。

「無事のお戻り、何よりです。皇帝陛下へご挨拶とのことでしたが、護衛を連れて行ってはいけないと言われ、心配しておりました」

アンティローゼから来た私たちは、当然多くの護衛兵を連れていたのだ。

だが、帝城に着いた際に「他国の兵に彷徨《うろつ》かれるのは困る」と、指定した範囲以外は出歩かないよう注意されてしまった。

先ほどの皇帝への挨拶に父とふたりで行くことになったのもそのせい。

帝城の中枢部に他国の兵を連れてくるなと言われ、それに従うこととなった。

「……ここはウェスティア帝国の帝城だもの。うちの兵をぞろぞろと連れ歩くわけにもいかないでしょう」

「それはそうかもしれませんが、私たちとしては心配です」

八年前の戦争は、今もなお傷として皆の心に残っているのだ。

気持ちは分かるので曖昧に頷いておく。近くのソファに腰掛けた。

用意された部屋は他国の王族に貸し与えるのに相応しい豪奢な部屋で、今座ったソファの座り心地も最高だった。

「お茶でも淹《い》れましょうか？　その前に着替えられますか？」

「そうね。ご挨拶は済んだから、一度着替えようかしら」

皇帝に挨拶するためのドレスから着替える。

とはいっても、部屋着ではない。ここはアンティローゼではなくウェスティア帝国。

気を抜いた格好などできるはずがなかった。

正礼装から準礼装にする程度だ。

赤色のカフタンを脱ぎ、青色のものへと変える。美しい鳥の刺繍が施された、王族が着るに相応しい衣装なので、誰かと遭遇したとしても恥ずかしい思いをすることはないだろう。

髪型も変える。

ナリッサがブラシを持ち、解《ほど》いた髪を丁寧に梳《す》く。

ドレッサーに座り、彼女に任せていると、ナリッサが「そういえば」と思い出したように言った。

「先ほど廊下に少し出てみたんですけど、その時に聞きました。姫様、サルーン王国のトラヴィス殿下に求婚されたんですって⁉」

「ッ⁉　それ、誰から聞いたの？」

ギョッとし、思わず振り返ってしまった。

ナリッサの言うことは間違っていないが、まだあれから一時間も経《た》っていない。

それなのに彼女の耳まで届いたのか。

本気で驚いたのだけれど、ナリッサは気にしていないようだった。

「帝国兵に聞いたんです。謁見の間の前で、突然サルーンの王子が姫様に求婚したって。イケメンで有名なサルーンの王子を一目惚れさせるなんて、さすが三国一の美姫《びき》！　姫様付きとして鼻が高いです！」

「あのねえ……」

額を押さえた。

ナリッサはイケメン好きでミーハーなのだ。

アンティローゼでも「どこそこの公爵令息がイケメンだ」とか言って、よくひとりで騒いでいる。

だが本人にイケメンとどうにかなりたいという気持ちはなく、ただただはしゃぎたいだけらしい。

今もナリッサは興味津々の様子ではあったが、羨ましいというような感情は見えなかった。

「……そういうことがあったのは確かだけど、お断りしたわ」

ナリッサに事実のみを告げる。

私の言葉を聞いたナリッサが信じられないと目を丸くした。

「お断り!? どうしてですか!? イケメンですよ!?」

「確かに綺麗な顔をした方ではあったけど、私、そういう人に興味はないの。ナリッサも知ってるでしょう?」

「知っていますけどー」

納得できないという顔でナリッサが見てくる。そんな彼女に引き続き髪を整えるように命じた。

ナリッサは不服そうではあったが真面目なので、大人しく作業を再開した。

「いつものハーフアップにしますね。でも、お断りしたとか本当に勿体《もったい》ない〜。姫様って淡々としているというか、何事に関しても無関心ですよね。もっと人生楽しく生きた方がいいですよ」

「ナリッサの言う『人生楽しく』って、イケメンの観賞とかそういうのでしょ。遠慮したいわ」

彼女の趣味を否定する気はないが、私を巻き込まないで欲しい。

「えー。姫様ならどんな殿方だって選び放題なのに〜。私に美男美女のイチャイチャを見せてくださいよ。大人しくお部屋の壁になって観賞していますから」

「気持ち悪いわね。絶対に嫌よ」

部屋の壁ってなんだ。たまにナリッサの言っていることの意味が分からなくてドン引きする。

「はい、できましたよ」

話しながらも手を止めていなかったナリッサが満足げに告げる。

鏡を見れば、いつも通りの髪型になった私が映っている。

長い髪は邪魔なので、横の髪を纏められるハーフアップは楽なのだ。やはりこちらの方がしっくりくるなと思いながらナリッサに礼を言った。

「ありがとう」

「いえいえ、お茶淹れますね」

「そうね……いえ、少し散歩をしてくるわ」

立ち上がり、窓際へ行く。外を見れば、薔薇《ばら》が咲き誇る庭園が広がっていた。

窓から中庭の景色が見えるようになっているらしい。薔薇は好きなので、気分転換に少し歩くのもいいかと思った。

ナリッサも私が見ているものを見て頷く。

「ああ、あちらのお庭ですか？　姫様、薔薇がお好きですものね」

「パッと行って、すぐに帰ってくるわ」

軽く散歩するだけと告げると、ナリッサが首を横に振った。

「おひとりというのは駄目です。護衛を連れて行けないのであれば、せめて私を連れて行ってください」

「ナリッサを？」

「姫様を守る盾くらいにはなれますから」

真顔で告げるナリッサを見つめる。

今回、こちらの国へ来たのは四カ国会議のため。平和的な集まりなのだ。

だからそこまで気にする必要はないのだが、彼女の気持ちが嬉しかったので、それならばと一緒に行くことにした。

部屋を出て、一階に向かう。用意された私の部屋は三階だからだ。

階段を降りて、覚えていた方向へ向かうと、すぐに先ほどの中庭が姿を見せた。

「まあ、綺麗」

念のため、近くを巡回していた帝国兵をつかまえて、庭を散歩していいか聞いてみたところ、特に問題はないとのこと。

安心した私は、ナリッサと共に中庭を散策することにした。

中庭は色々な種類の薔薇が咲き誇るとても綺麗な庭園で、周囲を建物に囲まれているから小さいのかと思ったが、意外とそれなりに広かった。

色とりどりの薔薇は見ているだけでも楽しいが、匂いも素晴らしかった。

「素敵な薔薇だわ。手入れをしている庭師の腕がいいのね」

薔薇の匂いを嗅いだり、触れたりして楽しむ。

ナリッサは私の数歩後ろを歩いていた。私が楽しそうにしているのを見るのが嬉しいらしい。

「良い気分転換になったわ。少し疲れを感じていたのだけど、それも取れたみたい」

「それはよかったです」

「ルルーティア王女！」

笑顔でナリッサと会話していると、正面にある建物から先ほど会ったトラヴィス王子が駆けてくるのが見えた。

「えっ……」

何故、トラヴィス王子がこんなところに。

予想していなかった出現に驚きを隠せず立ち止まる。

やってきたトラヴィス王子は満面の笑みを浮かべていた。

「……トラヴィス殿下」

「また会ったね。次に会えるのは今夜の夜会かなって思っていたから嬉しいよ」

「……何故、こちらに？」

トラヴィス王子が薔薇好きなんて聞いたことがないと思っていると、彼は照れくさそうに言った。

「部屋で寛《くつろ》ごうかなと思ったら、窓から君の姿が見えたから。つい勢いで来てしまったんだ」

「つい？」

「うん。本当は着替えくらいしようかと思っていたんだけどね。着替えの間に君がいなくなっていたら困るし」

そう言うトラヴィス王子の格好は、確かに先ほど出会った時と同じだった。

「君に早く会いたい一心で出てきたんだよ。恋のなせる業だね」

ふふ、と笑みを零《こぼ》すトラヴィス王子だが、彼は私が求婚を断ったことを忘れてしまったのだろうか。

思わず確認してしまった。

「ええと、求婚はお断りしたと思いますが」

「うん、そうだね。でも、僕は諦めていないから」

にっこりと告げられ、天を仰《あお》ぎたくなった。

——あ、ヤバイ。この人面倒くさいタイプだ。

普通は「嫌です」と言われたら引くものなのだが、中には分かってくれない人もいるのだ。

何度言っても諦めないタイプ。

アンティローゼにもいたし、その対処法も知っている。

こういうタイプは優しく言っても無駄なので、少々キツめに対応するのが正解だった。

——サルーン王国の王子がこのタイプだとは思わなかったけど、仕方ないわ。

私に彼とどうこうなる気はないし、父にも釘《くぎ》を刺されているので、追い払う一択だ。

トラヴィス王子が私に話し掛けてくる。

「ねえ、よかったらこれから一緒にお茶でもどうかな。国から持ってこさせた良い茶葉があるんだ。君のことも知りたいし、話したいことは山ほどある」

にこにこと誘いを掛けてくるトラヴィス王子に、可能な限り冷たく告げた。

「結構です。お茶ならこちらも持ってきておりますので」

「えっ、本当？　じゃあ飲み比べとかしてみる？」

「しません」

なんでそうなると思いながらも、再度断りを告げる。ナリッサに目で合図を送った。

部屋に戻るという私の意図を理解したナリッサが声には出さずに頷きを返してくる。

身を翻し、歩き出す。

何故かトラヴィス王子がついてきた。

——え、なんで？

どうしてついてくるのか。

彼から離れたいのについてこられては迷惑だ。そう思ったし、かなり態度にも出したつもりなのだが、彼は平然と言ってのけた。

「……あの、困ります」

「え、だって君ともう少し話したいんだよ。それなのにもう帰ってしまうなんてあんまりだと思わない？　お茶もしてくれないって言うし」

「当たり前じゃないですか。どうしてOKが出ると思ったんです」

「むしろどうして断られたのか分からない」

「……」

——えー。

本気で言っているのが分かり、脱力した。

面倒くさい上に、メンタルまでものすごく強いタイプだ。厄介すぎる。

「僕は君と仲良くなりたいのにさ」

真顔で言う彼に、溜息《ためいき》を吐《つ》いた。

仲良くなりたいのは分かったが、こちらの意思を無視しているのが問題だとどうして分かってくれないのだろう。

「私は仲良くなりたくありません」

これくらいはっきり言えば分かってくれるか。

そう思ったが、彼はさらっと流してきた。

「酷いな。あ、そうだ。同じ王族なんだし、もっとフランクに接してよ。敬語とかいらないからさ」

「……」

――駄目だ。

こめかみを押さえる。

話が通じなさすぎて、頭痛がしたのだ。振り返り、彼に言う。

「フランクに接する理由がありませんが」

「そう？　理由ならあるよ。ほら、そのうち僕たち結婚するじゃないか」

のうのうと言ってのけるトラヴィス王子に心から呆《あき》れた。

「息をするように嘘を吐かないでいただけますか。そんな事実はどこにもありませんし、今、この瞬間、心の距離は最大限まで離れました。王太子殿下におかれましては、そろそろご自分のお部屋に戻られた方が良いのではないかと愚考いたしますが」

「フランクに接して欲しいのに、慇懃《いんぎん》な態度になるってどういうこと⁉」

信じられない、みたいな顔をされたが信じられないのはこちらの方である。

思わず、じとっとした目を向けてしまった。

「自業自得という言葉をご存じですか。それに、前提から間違っています。そもそも私たちの結婚は国の王が決めるもの。それを勝手になんて、サルーン王国の国王陛下が知られたらお怒りになりますよ」

王子や王女の結婚なんて、国王が決めるものと決まっている。

それは私の国だけではなく、どこの国でも同じだ。

勝手に「この人がいい」と言ったところで許可はされないのである。

国王が、国のためになると決めた相手と黙って結婚する。

王子や王女なんてそんなものだ。

「あなたもそれはご存じでしょうに、どうしていきなり求婚なんて……」

トラヴィス王子は、外国まで噂が広まるくらいには優秀なのだ。その彼がどうしてこんな勝手なことを仕出かしたのか、それが全く理解できない。

首を左右に振る。

眉を寄せてトラヴィス王子を見ると、彼はキョトンとした顔で言ってのけた。

「父上のことを心配しているのなら問題ないけど。好きな相手と結婚していいって、何年か前に言《げん》質《ち》は取ってある」

「……言質を取ってるって……」

「一生一緒に過ごすんだ。自分で選べないなんて絶対に無理だと思ったからね。交渉したんだ」

「……」

わりとものすごいことをさらりと言ってのけるトラヴィス王子を凝視する。

彼は手を差し伸べ「だから」と言った。

「そういうわけだから結婚しよう」

「お断りします」

流れるように断りの言葉を告げた。トラヴィス王子が目を丸くする。

「え、どうして。問題は今、解決したよね」

「何も解決していないんですよね。それとお願いですから私に近づかないでください。……あらぬ誤解をされると困るんです」

キョロキョロと辺りを見回す。誰かに見られていないか、本当に心配だった。

そんな私を見たトラヴィス王子が不思議そうな顔をする。

「あらぬ誤解って……君、婚約者とかいたっけ？」

「……いませんけど」

正式な婚約者はいないので否定する。トラヴィス王子は「そうだよね」と頷いた。

「僕の記憶でもアンティローゼの王女に婚約者はいなかった。だから何に遠慮する必要もないと思うんだよね。誤解を恐れるんじゃなくてさ、むしろ僕との噂を広めてやらない？」

楽しそうに提案してくるが、とんでもない話だ。

あり得ないし許されない。

私はきっぱりと告げた。

「だからお断りしますと何度も言っているでしょう。とにかく迷惑ですので、私には関わらないでください」

今度こそトラヴィス王子を残し、中庭を後にする。

またついてこられてはかなわないと思ったが、幸いにも彼が追ってくることはなかった。

◇◇◇

「姫様」

「……」

「姫様ってば」

無言で歩く私に、ナリッサが後ろから声を掛けてくる。

トラヴィス王子から十分離れたところで振り返った。

「何よ」

「どうしてトラヴィス殿下のお申し出をお断りしたんです？　彼、ものすごいイケメンじゃないですか。聞きしに勝るってこういうことを言うんですね。袖にしちゃうの勿体ないと思いますけど」

「あのね……」

心底分からないという顔をするナリッサを見て、眩暈《めまい》がするかと思った。

「そもそも彼、私の好みじゃないの。ナリッサは知ってるでしょ？　私の好み」

「知ってますけど……ムッキムキの筋肉質な男性ですよね？」

嫌そうに言うナリッサに頷く。

彼女の言う通り、私は筋肉ムキムキな男性が好きなのだ。

なよなよした中性的な男性は好みではない。

「だからナシよ、ナシ」

「えー、絵的には筋肉ムキムキよりトラヴィス殿下の方が姫様には合ってましたけど」

「どうして私が絵面を気にしないといけないのよ。人の好みなんて千差万別でしょ」

「そうですけど。なんか、ものすごく姫様のこと好きって感じだったから、有りかなって思ったんですよ。ほら、惚れられて結婚する方が幸せになれるって言うじゃないですか」

「言うかもしれないけど、そもそもお父様は、私とトラヴィス殿下が結婚することを望んではいないの」

「どうしてです？」

心底分かりませんという顔をするナリッサに「お父様の考えていることは私には分からないわ」と答えておく。

本当は別の事情があるのだけれど、それをナリッサに言うわけにはいかないからだ。

「とにかく、トラヴィス殿下と結婚なんてあり得ないから、妙なことは考えないでちょうだい」

「残念……」

お似合いだと思ったのにと残念そうにするナリッサを無視し、歩き出す。

サルーン王国の王太子と結婚なんてとんでもない。

それに彼の言葉は軽薄で、どうにも信用が置けないと思ってしまう。

その点においても「彼はない」と断言できた。

「あり得ない話よ」

もう一度、ナリッサに告げる。

彼女は何か言いたげにしていたが、言っても無駄だと悟ったのか「分かりましたよ」と言い、大人しく話を終わらせてくれた。

間章　トラヴィス

「……怒らせちゃったかなあ」

こちらにはなんの興味もないと言わんばかりの態度で去って行くルルーティア王女を見送る。

僕としてはもっと彼女と話したかったし、ついてだっていきたかったが、さすがにこれ以上はまずいというのは分かっていたので追うことはしなかった。

彼女の姿が見えなくなるまでじっとその場に留《とど》まる。

完全に去ったのを確認し、小さく息を吐いた。

◇◇◇

僕、トラヴィス・サルーンは、つい先ほど、一目惚れというものを体験した。

小さな頃から自分が好きになった人と結婚したいと考えていた僕は、早い段階から結婚相手を選ばせてもらえるよう父に交渉していたが、なかなかこれぞという人とは出会えなかった。

いい人だなとは思えても『好き』という感情が芽生えなかったのだ。

この人だと確信できる人を探して五年以上、そろそろ国内だけではなく国外にも目を向けてみようと考え始めた矢先だった。

父に代わり、四カ国会議の代表としてやってきたウェスティア帝国で、まさかの運命の出会いが待っていたのだ。

皇帝に挨拶を済ませ、謁見の間を出た僕が目にしたのは、こちらへやってくるふたりの姿。

ひとりはアンティローゼ王国の国王。そしてもうひとりは、初めて見る彼の娘だった。

アンティローゼの国王が今回の四カ国会議に娘を連れてくるというのは知っていたし、彼女が三国一の美姫という噂も聞いていた。

だけど興味なんてなかったのだ。だって国にいくらでも美女はいたから。

それでも好きになれなかったのだ。美人というだけで興味を引かれるはずもない。

──と思っていたんだけどなあ。

彼女をひと目見た瞬間、恋に落ちた。

周囲から音が消える。

彼女以外、何も目に入らない。

身体も石になったかのようにピクリとも動かなかったが、全く気にならなかった。

──なんて綺麗な人なんだろう。

ただひたすら、彼女に見惚《みと》れる。

夏の海を思い出す煌《きら》めく青い瞳に引きつけられた。ぱっちりとした目は少しつり上がっている。

唇がぽってりとしていて、触れるととても柔らかそうだ。

アンティローゼの民族衣装を着ていたが、とてもよく似合っていた。

眩《まばゆ》い金髪は、太陽の光を閉じ込めたかのようで、たっぷり量のあるツヤ髪は、今は高く結い上げているが、下ろせば彼女を更に美しく彩るのだろうと確信できた。

意外と背が高い。

僕は身長がある方なので、並ぶとちょうどいい身長差になりそうだ。

彼女が形の良い眉を顰《ひそ》め、僕を見ている。

その日には力があり、強気な性格をしているのだと理解できた。

——ああ、好きだ。

どんな人物なのか何も知らない。それなのに、素直にそう思った。

すとんと胸に何かが落ちる感覚があり、これが人を好きになることなんだと気づく。

長年、愛せる人を探してきた僕ではあったが、まさか一目惚れを体験することになるとは思いもしなかった。

◇◇◇

「まあ、実際に話し掛けてみれば、かなり塩な性格をしているみたいだったけど」
彼女——ルルーティアのことを思い出し、ふっと笑う。

彼女を想っただけで、胸の中に温かいものが広がっていく。

こんな感覚は初めてだ。これが恋というものなのだろう。

ルルーティアが去り、僕以外誰もいなくなった中庭を見回す。

薔薇の花が綺麗だったが、ルルーティアの美しさには到底敵《かな》わない。

「ふふ、まさか僕がそんなことを思うなんてね」

君は花よりも美しい。

それを本気で思っているのだから、恋という病にすっかり侵されているのだろう。でもそれも悪くない。

「さて、どうしようかな」

腕を組み、考える。

諦める気は毛頭なく、彼女を手に入れるつもりしかない。

ルルーティアの態度が素っ気なさすぎて驚いたが、それはそれで味があると思えるし、結局好きな相手ならなんでもいいのだ。

一目惚れしたあと性格を知って幻滅する、なんてこともあるのかもしれないが、少なくとも僕は違う。

ルルーティアならどんな悪女だったとしても受け入れられると確信できた。

「なるほど、世の中の男性が悪い女に引っかかって身を持ち崩すわけだ」

深く頷く。

僕もルルーティアがそういう女なら危なかったかもしれないな、なんて思いながら歩き出した。

向かうは、アンティローゼ国王が滞在している部屋だ。

先ほどのルルーティアの態度を見れば、この先僕がいくら口説こうが振り向いてくれないことは明白。

それなら彼女が言った通り、親を巻き込んでやろうと考えたのだ。

父親が頷けば、彼女も嫌とは言わないだろう。

それが王族の結婚なのだと先に言ったのはルルーティアなのだから。

「話を進めるのなら、まずは父親から。ま、基本だね」

正式に国王に話を通せば、僕が本気だということも伝わるし、将を射んと欲すればまず馬を射よと言うではないか。

アンティローゼ王国は、八年前にウェスティア帝国と戦争した傷跡が今も深く残る国だ。

大国の保護は喉から手が出るほど欲しいだろう。

そしてサルーンは、ウェスティア帝国に匹敵する国。アンティローゼの隣に位置することもあり、何かあってもすぐに駆けつけることができる。

だからアンティローゼ国王が断るはずがないと軽く考えていたのだけれど――。

◇◇◇

「単刀直入に言いましょう。陛下もすでにご存じのことと思いますが、ルルーティア王女に一目惚れしました。僕の妻に迎えたいと考えています。どうか許可をいただけませんか？」

アンティローゼ国王の滞在する部屋に通され、挨拶もそこそこに用件を告げた。

僕の話なんて分かっていたのだろう。アンティローゼ国王がやはりという顔をしている。

「彼女をいただければ、サルーンはアンティローゼを全力で支援します。有事の際は頼っていただいて結構。妻の国なのですから守りますよ。陛下にとっても悪くない話だと思いますが」

アンティローゼ国王を見つめる。

ルルーティアと同じ金髪碧眼《へきがん》の国王は、四十代前半と聞いているが、五十代くらいに見えた。

愛妻家として知られていた彼はその妻が早世したこととウェスティア帝国との戦争で精神的に老け込んだのだろう。

体型は細身。ウェスティア帝国皇帝のように目がぎらついているということはなかった。

争いを好まない穏やかな性格のように見える。

その国王が口を開いた。

「――あなたの意思はよく分かりました。だが、サルーンの国王がなんと言うか」

「父からは好きな女性を迎えて良いと許可をもらっていますので、何も問題はありませんよ。お疑いならすぐにでも連絡を取り、陛下宛ての書簡をもらいましょう」

「……いや、結構」

即答した僕に、アンティローゼ国王が眉を寄せる。

なんだろう。大喜びで頷かれると思っていただけに、微妙な反応が不思議だった。

――いや、今気にするのはそこではない、か。

とにかく、彼からルルーティアとの結婚について了承の返事をもらわなければ。

「返答はいただけますでしょうか」

アンティローゼ国王がじっと僕を見つめてくる。それを正面から受け止めていると、彼はすっと視線を逸《そ》らした。

「……私から『是』とは言えません。娘が頷けば、その時は再考いたしましょう」

「……」

身体が一瞬強《こわ》ばる。

まさかの答えに驚愕《きょうがく》した。

アンティローゼにとっては利しかない話にもかかわらず、答えは『NO』。

いや、ルルーティアが頷けば再考すると言っているだけ、完全に断られたわけではないのだろうが、それでも驚きだった。

「……サルーンの庇護《ひご》は必要ありませんか」

「……そういうことではないのです。こちらにも色々と事情があり、それはおいそれと他国の人間に話せることではないというだけ。とにかく、条件を満たしていただければ、再度話を聞くくらいはしましょう。今日のところはこれで引き下がってはいただけませんか」

「……分かりました」

食い下がりたいところだがグッと堪《こら》えて部屋を出る。

完全勝利を確信していただけに、この結末が信じられなかった。

「庇護が欲しくないわけではない。それなのに頷かないのは何故だ……？」

事情があるとアンティローゼ国王は言っていた。

そしてその事情は他国の人間には話せないものなのだとも。

気にはなるが、今はそれよりもルルーティアだ。

結婚の許可こそもらえなかったが、国王は『娘が頷けば』と言った。

つまり、口説くなとは言われていないのだ。

「まずは娘をおとしてみろって話か。……いいね、俄然《がぜん》やる気が出てきた」

許可がもらえなかったのは残念だが、口説いていいと言われたのは喜ばしい。

惚れた女性を振り向かせるために努力するのは当然だから、そちらの許可が下りたことの方が嬉しいくらいかもしれなかった。

「お帰りなさいませ、殿下」

自分に与えられた部屋の前まで急ぎ足で戻ると、国から連れてきた護衛がホッとした顔で出迎えてくれた。

今回の四カ国会議はウェスティア帝国主催で、帝城内に部屋を用意してくれたのは有り難いが、向こうの指定する場所以外は護衛を連れ歩けないというのだけは頂けない。

よほど見られたくないものでもあるのだろう。

それならウェスティア帝国ではなく他の国で四カ国会議をすればよかったのにと思わなくもないが、ウェスティア帝国は帝都も帝城内も治安が良く、実際、護衛がいなくとも問題ないから文句も言いづらいところだ。

これで戦争好きでなければ言うことなしなのにと思いながら、自室に入った。

「……」

己のために用意された部屋を無感動に見回す。

サルーン王国がウェスティア帝国に並ぶ強国だという感覚はあるのだろう。

用意された部屋は先ほど訪れたアンティローゼ国王のものより広く、家具類も煌びやかだ。

大理石でできた暖炉も美しく整えられている。

サルーン王国には負けられないという帝国の気持ちの表れだろう。自分たちはこれだけのものを用意できるのだという声が聞こえてくるようだ。

「殿下？」

「いや、なんでもない。父上に手紙を書くよ。伝令を連れてきて欲しい」

「承知いたしました」

ついてきた護衛にそう告げる。

父からは妃《きさき》とする女性を好きに選んで良いと言われているが、一応報告はしておこうと思ったのだ。

窓際に据えられた執務机に座り、己の妃としたい女性を見つけたことと彼女の名前を便箋に書き付ける。

サインのあと、封をした。

待っていた伝令に手渡す。

「これを父上に」

「はい」

これで明日には父も僕が運命の女性を見つけたことを知るだろう。

あとはルルーティアをおとすだけ。

少し話しただけでも彼女が意思のしっかりした女性であることは分かったので、多少苦戦するかもしれないが、絶対に妻に迎えてみせる。

「まずは夜会かな」

今夜、四カ国会議の出席メンバーを招いた夜会が開催されるのだ。

その席にはルルーティアも出てくるはず。

そこで彼女に話し掛けて、少しでも親しくなろう。

「楽しみだなあ」

彼女はどんな服装で現れるのだろうか。

可能であれば一緒に踊って欲しいなと考えながら、座っていた椅子から立ち上がった。

第二章　夜会

「やあ、ルルーティア王女。今夜の格好も素敵だね。君によく似合っているよ」

「……どうも」

自然と仏頂面になる。

昼間、なんとかトラヴィス王子から逃げおおせたとホッとしていたが、一時的なものだったようだ。

その日の夜、四カ国会議の出席メンバーが参加する歓迎の夜会が開かれ、父と一緒に出席した私は早速彼に見つかり、絡まれてしまったからだ。

会場となる広間に入るや否や、先に来ていたらしいトラヴィス王子が小走りで駆け寄ってきて、逃げようがなかった。

——お父様！

助けを求めるように隣にいた父に視線を送るも、彼は自分でなんとかしろとばかりに私から離れてしまった。

サルーン王国は大国で、あまり機嫌を損ねたくないのは分かるが、全部娘に丸投げというのもどうかと思う。

「……私、関わらないでくださいと申し上げましたよね」

いい加減にして欲しいという気持ちで声を掛けてきた王子に向き直る。

彼は濃い紫色のジュストコールを着ていた。昼間見た民族衣装でないのは、帝国に合わせたからだろう。

帝国にも正装扱いされる民族衣装はあるが、昨今ではジュストコールやドレスが一般的になっている。

私もその辺りは分かっていたから、イブニングドレスを着用していた。

帝国風の格好をしたトラヴィス王子は文句なしの男っ振りを見せていたが、しつこい男だという認識しかない私にとってはどうでもいいことだった。

追い払いたい気持ちが強いので社交辞令でも笑みは浮かべない。

逆に強く睨《にら》み付けたが、トラヴィス王子には通じなかった。

柔らかな物腰で私に接してくる。

そうして愛《いと》おしげに私を見つめると、とんでもないことを言ってきた。

「その件についてだけど、君のお父上の了承なら取ったよ。君さえ頷けば構わないとおっしゃってくださった。だから全力で口説くことにしたんだ」

「え……?」

――お父様の了承を取った?

予想外すぎる言葉を聞き、頭の中が一瞬真っ白になる。

だってあり得ない。私をサルーン王国の王子へなんて父が頷くはずないのだ。

何せ私は――。

困惑しかない私にトラヴィス王子が悪戯っぽく微笑《ほほえ》みながら言う。

「あ、信じてない？　本当だよ。さっきちゃんとアンティローゼ国王陛下の部屋を訪ねさせてもらったからね。嘘だと思うのなら、あとでお父上に確認してみるといい」

「……お父様」

信じられないという気持ちと恨みを込めて、名前を呼ぶ。

サルーンの機嫌を損ねたくなかった父は、苦し紛れに「私が頷けば」なんて言葉で逃げたのだろう。最悪だ。

「君が頷くなら……つまり口説いてもいいって直々にお許しをもらったわけだからね。これから全力で行かせてもらうよ」

「……なんという余計なことを」

思わず本音が口をついて出た。

しかし、彼の言うことが本当なら、あまり強くトラヴィス王子を遠ざけられない。

正式に父の了承を得ている相手を蔑《ないがし》ろにするのは、外交的にもアウトだからである。

「そう、ですか……」

「うん、それでさ、君にお願いがあるんだけど」

「……お願い？」

すごく嫌な予感がするなと思いながらもトラヴィス王子を見る。

彼は期待を隠せない様子で私を見つめ返してきた。

そしてゆっくりと口を開く。

「お互い、呼び捨てで呼び合いたいなって思うんだけど。あと敬語もなくしたいよね」

「お断りいたします」

秒で却下した。

どうして仲良くなりたくもない相手と友達口調で話し、呼び捨てで呼び合わなければならないのか。

「あなたの希望は分かりましたが、私がそれを叶《かな》えなければならない理由はありませんね」

「うん。だからお願いしてる。君は、ルルーティアだから……ルルかな。ルルって呼んでもいい？」

「……全く話を聞いていないようですね」

呼び捨てどころか愛称呼びがしたいと言ってくる男に溜息が止まらない。

私はこんなにも「無理だ」とアピールしているのに、マイペースで話を進めてくるトラヴィス王子が怖すぎた。

というか、普通ここまで嫌がられたら諦めるものではないだろうか。

少なくともアンティローゼにいた人で、トラヴィス王子よりしつこかった人はいないと断言できる。

「……しつこい」

思わず本音を零すと、トラヴィス王子が苦笑した。

「あ、うん。自覚はあるよ。でも君を諦める気がないんだから仕方ないよね」

「……自覚、あるんですね」

「そりゃあ、嫌がられていることくらいは分かるし、僕だって好きな人にそんな態度を取られて傷つかないわけじゃない」

ふう、と息を吐き、もの悲しそうな顔をするトラヴィス王子だが、あいにく全然傷ついているようには見えなかった。

「でも、諦めたらそこで終わりだから頑張ろうと決めてる。だから君も諦めて僕に口説かれてよ。そのうち悪くないかもって思い始めるはずだから」

「その場合の私って、完全に洗脳されてませんか？」

嫌だと思っていたのに悪くないかもと思い始めるとか、何が起こったという話である。

「そんなことないって。……うーん、君の僕に対するイメージ、悪すぎない？」

「最初が最初でしたから。自業自得ではありませんか？」

いきなり「惚れたから結婚してくれ」なんて言う人に良いイメージを抱けるかという話である。

そこは自覚があるのか、トラヴィス王子が気まずそうな顔をする。

「……一目惚れなんて初めてしたものだから、僕も舞い上がっていたんだよ。少々強引だったことは謝るからそこは目を瞑《つぶ》って欲しいな」

「……分かりました」

仕方ないと頷く。

素直に謝罪されたのと、父が認めているという状況から、これ以上引き摺《ず》るのは良くないと判断したのだ。

私の言葉を聞いたトラヴィス王子がパッと顔を輝かせる。

「ありがとう」

「愛称も好きにしてください。父が許しているのでしたらそれくらいは構いませんから」

「本当？　じゃ、僕のことも呼び捨てで呼んでよ。あと、敬語もなくして欲しいんだけど……駄目？」

「……分かったわ」

断りたかったが、そうするとまた面倒なやり取りが発生するだろう。その方が怠いと思ったので頷いた。

それに応える気はなくとも、父の許可がある相手。呼び捨てと敬語をやめることくらいなら目を瞑るべきだろうという判断もあった。

「トラヴィス。これでいいのね？」

確認するように名前を呼ぶと、彼はみるみるうちに顔を赤くした。

赤くなった場所を隠すように己の腕で顔を覆う。

「えっ……突然のデレ？　ずっとツンツンの塩対応だったのに？　いきなり供給が来てついていけないんだけど」

「あっそう。嫌なら元に戻すわ」

なんだ、供給って。

意味の分からないことを言い出したトラヴィスから数歩離れる。彼は焦りながら謝罪してきた。

「ごめん！　余計なことを言った！　謝るから是非、このままで！」

「……もう、本当に私の何がいいのやら」

トラヴィスが必死なのは見れば分かるが、まだ彼と会って半日も経っていないし、会話だってほんの少ししかしていない。

それでよくここまでできるなと思っていると、トラヴィスはキョトンとした顔で言ってのけた。

「え、顔」

「……顔？」

一瞬で顔が強ばった。

私の変化に気づくことなく、トラヴィスが言う。

「だって一目惚れだし。君を見た瞬間、全身に衝撃が走ったんだ。だから顔」

「……あ、そう」

——いや、本当だったとしてもそこは普通、黙っているところでは？

そう思ったが、彼は断言した。

「嘘を吐いたってどうせ君にはバレると思うし。そもそも会ったばかりで君の何を知っているというの。もちろんこれから深く知っていきたいと思っているし、僕のことも分かって欲しいけどね。あ、でも、ひとつだけ分かっていることがあるよ。君がずいぶんと塩な性格をしてるってところ！」

「……塩な性格って」

「だって君ってすっごく素っ気ないんだもの」

頬を膨らませるトラヴィスだが、それは彼がしつこいから敢《あ》えてそうしているだけだ。

本当にそんな性格というわけではない。

とはいえ、それを平然と言ってのける精神力はすごいなと思ったし、ここまではっきり顔で惚れたと言われると、逆に清々《すがすが》しさを感じる気がした。

――顔で惚れられるなんて、一番嫌いなパターンだったんだけど。

でも、勝手な理想像を作り上げて「思っていたのとは違う」なんて言ってこない分、これまでの男たちとは少し違うのかもしれない。

「……まあいいわ。確かに嘘を吐かれるよりいいとは思うもの」

「そうだよね。で、正直者な僕としてはルルともっと仲良くなりたいんだよ。最終的にはお嫁さんになってもらいたいけど、今は置いとくとして……手始めに、好みのタイプとか聞いてもいいかな？」

「……わりとズバリ聞いてくるのね」

今まで私に言い寄ってきた男たちは、皆遠回しに探りを入れてくるタイプばかりだったので新鮮だ。

そして私としては、はっきりしてくれる人の方が好ましいので、こういう態度は悪くないと思えた。

――まどろっこしくなくていいわ。

少しだけ楽しくなってきた私は「そうね」と少し考え、正直に告げることにした。

「私、筋肉質な人が好きなの」

「筋肉質？　あの、それってどの程度の？　腹筋が六つに分かれてるとかそういう？」

話を流さず、具体的に聞いてくる。茶化しているわけではないことは、顔を見れば分かった。

だから私も真面目に答える。

「そういうのも悪くないって思うけど、私が好きなのはもっと……そう、マッチョな男性ね。男らしくて素敵だなって思うの」

「マ、マッチョ……？」

トラヴィスが怯《ひる》む。

予想外すぎるという顔をされたが、嘘はどこにもない。ナリッサも知っていることだ。

憐れみの気持ちを込めて彼に告げる。

「だから、残念ね。あなたみたいなのは私のタイプではないわ」

「えっ……」

「ちなみに嫌いなタイプはなよなよした甘い言葉を吐いてくる信用ならない男よ。あら、言葉にするとあなたそのものって感じね」

「……う、うん。君、ものすごく辛辣だね。ここまで言葉で刺されたのは初めてだよ」

ダメージを受けたように両手で胸を押さえるトラヴィスに、素直な気持ちを伝える。

「そう思うのなら、私から離れてくれて結構よ」

その方が有り難いという気持ちを込めたのだが、トラヴィスはめげなかった。

親指をグッと立て、胸を張って言う。

「大丈夫。僕、強い女性も好きだから。というか、僕の好みは君で、好きではないのは君以外って感じかな」

——うわ。

本当に強い。

こんな性格の悪い女はやめておこうと思ってくれればという淡い期待もあったのだが、トラヴィスに挫《くじ》ける様子は全くない。

胃がキリキリするなと思っていると、トラヴィスがまた口を開いた。

「僕の好みは君で、好きではないのは君以外だよ」

——ん？

「それ、今聞いたわ。どうして二回も言ったの」

意味が分からなかったが、彼は真剣に言い返してきた。

「真面目に受け取ってもらえていなかったような気がしたから。二度言えば、本気だって伝わるかと思って」

「二度言うことによって、胡散《うさん》臭さが増したわ」

「えっ……」

「信用ならないって思ったわね」

嘘だろ、みたいな顔をされたが、それを言いたいのは私の方である。

なんなのだろう、この男は。

今までに周りにいなかったタイプすぎて、どう対応するのが正解なのか分からない。

軽薄で、なおかつ凄《すさ》まじくメンタルが強いことは間違いなさそうだけど。

「おお、そこにいるのはトラヴィスではないか。探したであるぞ」

自分が対応したことのないタイプを前に困り切っていると、誰かがトラヴィスに声を掛けてきた。

王族同士が会話をしている中、平然と話し掛けてくるということは、それなりの人物の可能性がある。

そう思い、声のした方を見た。

「あらっ……！」

ときめきで、心臓が止まるかと思った。

現れたのは、筋骨隆々としたひとりの男性だった。帝国に倣った夜会服を着ているが、筋肉が分厚すぎて今にもはち切れそうに見える。

首筋を見ただけで、その夜会服の下には逞《たくま》しいムッチムチの筋肉が隠れているのが分かった。

鍛え上げられた筋肉に、見上げるほどの巨体。

トラヴィスより二回りは大きい彼は、まさに私の理想を体現していた。

「まあまあああ……」

感動のあまり声が震える。

短く刈り上げた金髪は清潔感があり、好印象。琥珀《こはく》色の瞳を見れば、彼が穏やかな性格をしていることはすぐに分かった。

――す、すごいわ。

まさかこんなところに私の理想の人物がいるなんて。

突然すぎる運命の出会いにただただ震えていると、トラヴィスがムッと口を尖《とが》らせながら文句を言った。

「もう、マクリエ。僕の邪魔をしないでくれる？」

「それは悪かったであるな。トラヴィスが女性と一緒にいて楽しげにしているのが珍しくて、つい話し掛けてしまったのである」

申し訳ないと巨体を縮ませて謝るマクリエという男性を見つめる。

気が置けないやり取りをしていることから、彼らが親しい間柄なのが伝わってきた。トラヴィスの態度も柔らかく、友人同士なのだろうと推測できる。

――というか、マクリエって。

まさかと思い当たる人物のことを思い浮かべていると、私に気づいたトラヴィスが、彼を紹介してくれた。

「ごめん、紹介するよ。彼はマクリエ・ヴィルディング。四カ国会議のヴィルディング王国代表の第一王子で王太子。僕の友人でもある。マクリエ、彼女はアンティローゼ王国の第一王女ルルーティア殿だ」

「おお、これは失礼をした。ヴィルディング王国第一王子、マクリエである。ルルーティア王女殿下には初めてお目にかかる」

紳士的な態度で挨拶してくれた男を見つめる。

ヴィルディング王国の王子。

今回の四カ国会議は、アンティローゼ王国、ウェスティア帝国、サルーン王国、そしてヴィルディング王国が参加していたが、私はまだヴィルディング王国の人とは会ったことがなかった。

ヴィルディング王国にはウェスティア帝国との停戦の際、仲介役としてお世話になったこともあり、イメージはかなり良い。

初めて会ったヴィルディング王国の王子にドキドキしながらも、私はアンティローゼ王国の王女らしく挨拶を返した。

「ご丁寧にありがとうございます。こちらこそ挨拶が遅れ申し訳ありません。ルルーティア・アンティローゼと申します」

顔を上げ、マクリエ王子の筋肉に見惚れる。

見れば見るほど彼が素晴らしい筋肉の持ち主であることがよく分かった。

きっと彼の筋肉は触るとしっとりして、意外に柔らかく、けれども押せば弾力性をもって返してくるのだろう。

是非、触ってみたいものだ。

「これはご丁寧に。噂通りの美姫であるな」

「ちょ、ちょっと待ってよ！」

彼の顔ではなく筋肉を凝視していると、何故か焦った様子でトラヴィスが割り込んできた。

カッと目を見開き、文句を言ってくる。

「僕の時と態度が違いすぎない⁉」

「第一印象が違いすぎるもの。比較する気にもならないわ。それに見て……あの筋肉。私の理想が服を着て歩いているわ。ウフフ……」

うっとりと告げると、彼は信じられないものを見る目で私を見てきた。

「嘘でしょ。ルルって、筋肉ダルマみたいなのが好みなわけ⁉　確かにマッチョが好きとは聞いたけどさ！　こんなの予想外だよ！」

ビシッとマクリエ王子を指さす。

トラヴィスに筋肉ダルマと言われたマクリエ王子はといえば豪快に笑っていた。

「かかかっ。うむ。世の中には変わった女性もいるようであるな」

「それがルルだっていうのが問題なんだよ。なんだよもう……君のムッチムチの筋肉を肯定するような物好きがまさかルルなんて思うはずないじゃないか」

「マクリエ殿下に失礼よ、トラヴィス。分厚いまな板に太い上腕二頭筋。全てあなたにないものばかりじゃない。少しは見習って欲しいわ」

本気で嘆くトラヴィスを窘《たしな》めると、彼は愕然と呟いた。

「うわ、本気で言ってる。あの、あのね、ルル。言っておくけど、マクリエには本国に可愛い婚約者がいるから。ラブラブだから。君が割って入る隙はないからね⁉」

「なんでも恋愛感情と結びつけないでちょうだい。素敵な人を素敵だと言っただけよ。それの何が悪いって言うの？」

「悪くないけど、そんな目で僕以外の男を見ないで‼」

「……まあ」

本気の声と形相で訴えてくるトラヴィスを呆れの気持ちで見返す。

「一体なんの権限があって、私の行動を縛ろうとするのかしら。誰に見惚れようと私の勝手ではなくて？」

「そうなんだけど、そうなんだけどさ、嫌なんだよ。大好きな君が僕以外の男に気を取られているなんて……アアアアアアアア！　駄目だ。認められないっ‼」

無理と叫び、トラヴィスが両手で己の顔を覆う。

そんな彼を見たマクリエ王子は腕を組んで笑っていた。

「なかなか面白いことになっているようであるな」

「笑い事じゃないんだ！」

顔を上げ、トラヴィスはキッとマクリエ王子を睨み付けた。

「大いに笑い事であろう。あのトラヴィスがいいように振り回されている様を見るのは実に面白い。なかなか見られない見世物であるぞ」

「見世物扱いしないでくれる？　ちょっとルルに気に入られたからってさ」

「なんだ。羨ましいのであるか」

「羨ましいよ！　腹立つな、もう‼」

そう言いながらマクリエ王子の腹筋に拳を叩《たた》き込む。そんなことをして大丈夫なのかと焦ったが、マクリエ王子は平然と受け止めていた。

「お主のへなちょこパンチなど蚊に刺されたほどにも感じないと言っているだろうに」

「分かってるよ！　でもこのやりきれない気持ちをぶつけないと気が済まないんだ！　……っていうか、こっちの手が痛くなるとかどういうこと？　君の筋肉、硬すぎるんだけど！」

攻撃したのはトラヴィスのはずなのに、何故かパンチした手を押さえている。

そんな彼に私は声を掛けた。

「トラヴィス、男の嫉妬は見苦しいわよ」

「その通りなんだけど、君に言われたくはないかな。ルルのせいで妬《や》いているんだからね？」

「知らないわ」

「うっ……厳しい。もう、本当に塩対応なんだから。傷つくなあ」

泣き真似をするトラヴィスを呆れた目で見る。マクリエ王子が私に言った。

「トラヴィスに傷つくような繊細な神経は存在しないので、気にすることはないのである」

「ちょっと、それ酷くない？」

「単なる事実であるが」

ガバッと顔を上げ、トラヴィスが言い返す。

「嘘だ！　語弊がある。僕はこんなにも傷つきやすいというのに！」

「本当に傷つきやすい男は、明け透けに主張したりしないのである」

「するよ！　アピールしないと分かってもらえないじゃないか！」

「……」

堂々と言ってのけるトラヴィスに酸っぱい顔になる。どうやら彼はかなり面の皮が厚い男のようだ。

なるほど、だから私が冷たく対応したり、気がないとはっきり断ったりしても、めげずに攻めることができるのか。

やっぱり厄介だと改めて思う。

「ルルーティア」

「……お父様」

ふたりが言い合いをしているのを無感動に眺めていると、父に声を掛けられた。

ふたりも会話をやめ、こちらを見る。

「挨拶回りをするからお前も来なさい。……おふたりとも、娘を連れて行っても宜《よろ》しいですか？」

「もちろんです」

父の言葉にトラヴィスが笑顔で応じる。マクリエ王子も「時間を取らせたである」と言ってくれた。

ふたりと別れ、挨拶回りをしに行く。

父はトラヴィスたちと一緒にいたことを何も言わなかった。

その様子を見るに、口説いてもいいと許可を出したのは本当なのだろう。

――ほんっと、面倒くさいことになったわ。

こちらの事情は話せないにしても、せめてきっぱり断ってくれれば「父から断られましたよね」と言えたのに。

父に連れられて、多くの人が集まっている場所へ行く。

そこにいるのは全員、ウェスティア帝国の人たちだった。

彼らは私を見ると、皆、一斉に目の色を変えた。

「おお、そちらがルルーティア王女か。なるほど美しい方ですな」

「亡き妻に似たようです。私には勿体ないほどよくできた娘で」

「三国一の美姫と呼ばれるのもよく分かりますよ。私もあと二十ほど年が若ければ求婚したでしょうなあ」

父に向かって、ウェスティア帝国の貴族が悔しそうに言う。

本気の口調と目が気持ち悪かった。

父と一緒にいる手前、何も言えないが、舐《な》めるような視線に虫唾《むしず》が走る。

他の人たちも同じだ。

なんなら偶然を装って触れてこようとする者もいたから、気分は悪くなる一方だった。

ただ、アンティローゼにも彼らのような人はいくらでもいたので、こういうものだと割り切ることはできる。

気持ち悪いという思いは消えないけれど。

――嫌だわ。男性のこういうところって本当に無理。

鳥肌が立ったのを感じ、見えないように溜息を吐く。

基本、私は男嫌いなのだ。

好みが筋肉マッチョな男性というのは本当だが、それには『見ているだけ』という注釈がつく。

遠くから眺めるだけがちょうどいい。

うんざりしながら、そういえばと思い出す。

――トラヴィスにはこういう種類の気持ち悪さは感じなかったわね。

私に一目惚れしたと言って付き纏ってくる彼ではあるが、生理的嫌悪は一切抱かなかった。

たぶんだけど彼が私を見る目がいつも優しかったのと、いやらしい感じで見られたことがなかったからと思われる。

あと、不躾に触れようとしない。

そういうところは王子らしく、紳士なのだ。

正直、今相手にしている人たちよりはよほど好感が持てるし、だからこそしつこいなと思っても、まあ仕方ないと対応してしまうのだろう。

グイグイ来られるのは迷惑だけど、線引きはしてくれている。

「……あら」

改めてウェスティアの人たちとの違いを感じていると、そのトラヴィスが女性たちに囲まれているのが見えた。

彼女たちはウェスティア帝国側の参加者たちだ。

夜会に彩りを添えるために高位の令嬢たちが呼ばれたのだろうが、彼女たちは皆、うっとりとした目でトラヴィスを見ていた。

「あらあら……」

彼女たちはどうしてもトラヴィスと踊りたいらしく、彼の腕を摑《つか》もうとしている無作法者もいる。

トラヴィスは他国の令嬢に無下な真似はできないようで、弱り切った顔をしつつもやんわりと断っていた。

一緒にいたマクリエ王子には令嬢は集まっていない。

筋肉ゴリゴリなマッチョより、スマートな美形が良いのだろう。

人の好みはそれぞれなので否定する気はないが、迫られているトラヴィスがなんだか気の毒だった。

——気乗りしない人に迫られるって嫌よね。分かるわ。

同じ行動をトラヴィスもしていた気がするが、最低限のマナーは守っていた彼と一緒にするのは駄目だろう。

トラヴィスはなんとか逃げようと頑張っている。だが、令嬢たちも退《ひ》かなかった。中には身体ごとしな垂れかかっている女性もいる。

これは完全にアウトだ。

トラヴィスの方は女性たちを傷つけまいという気持ちがあるのか、あまり強くは出られないようだ。

触れようとしてくる女性を必死に躱《かわ》している。

マクリエ王子も彼を助けようとしているようだが、そもそも令嬢たちの輪の中には入れないみたいだった。

「……仕方ないわね」

見てしまったからには、無視できない。

私も舐め回すような視線にうんざりしていたところだったしちょうどいいと割り切った。

「お父様。少し外しても宜しいですか?」

「?　ああ、構わないが」

「皆様、失礼いたします」

引き留めようとするウェスティア帝国の貴族たちに簡単に挨拶を済ませ、トラヴィスがいる方へ向かう。

令嬢たちの輪を前にして困った様子だったマクリエ王子が私に気づいた。それに目だけで応え、口を開く。

「ちょっと、退いてくれるかしら」

——あ、いい感じ。

我ながらなかなかキツイ感じの第一声が出た。

声に気づいた令嬢たちが一斉に振り返る。その中のひとりが不快げに眉を寄せた。

「何よ、順番は守りなさいよ。トラヴィス殿下に踊っていただくのは私なんだ……か、ら……って」

睨み付けるようにこちらを見てきた令嬢たちの顔がどんどん強ばっていく。

どうやら私が誰か気づいたらしい。

さすがに花として呼ばれるだけのことはある。夜会の出席者くらいは頭に入っていたようだ。

自分の話している相手が単なる貴族ではなく王族だと理解した彼女が震え声で告げる。

「……アンティローゼの……ルルーティア王女殿下……」

「ええ、その通りよ」

「し、失礼いたしました」

慌てて頭を下げる令嬢を見つめる。静かに言った。

「それで、退いてくれるのかしら。私、彼に誘われているのよね」

「え……」

「ルル！」

輪の中からトラヴィスが飛び出してきた。そんな彼に当然のように話し掛ける。

「酷いわ、トラヴィス。私を放置するなんて。踊ってくれるという話はどこに行ったの？」

「え……」

トラヴィスが目を丸くする。

そんな約束は全くしていなかったから、どういうことだと思っているのだろう。

一気にたたみかけた。

「あら、勘違いだった？　それなら別にいいのよ。あれだけ口説いてくるものだから、てっきり踊って欲しいんじゃないかと思ったのだけど」

違う？　と小首を傾げる。

トラヴィスは顔を真っ赤にして叫んだ。

「違わない！　是非、僕と踊って欲しい」

「正直でいいわ。――ということだから皆さん、彼のことは諦めてもらえるかしら」

冷笑を浮かべ、令嬢たちを見回す。

彼女たちは愕然としていたが、王族相手にさすがに文句は言えないようで「そ、そういうことでしたら……」としどろもどろになって、蜘蛛《くも》の子を散らすように逃げて行った。

「ふう……男女問わず、ああいう手合いってどこにでもいるわよね」

腰に手を当て、呟く。

そうして振り返り、トラヴィスに問いかけた。

「で、踊らないの？　ああ言った手前、さすがに断る気はないのだけど」

「……いいの？」

「いいわよ。言い出しっぺは私なのだし」

肩を竦《すく》めると、彼は顔を赤くしながら手を差し出してきた。その手が緊張のためか微かに震えていることに気づき、少し楽しい気持ちになる。

己の手を乗せ、彼と共にダンスフロアへ向かった。

流れているのはウェスティア帝国の作曲家が作った曲のようだ。リズムが取りやすく、テンポもちょうどいい。

トラヴィスはさすがに王子なだけあり、ダンスも上手かった。

リードも的確で、文句をつけるところはどこにもない。

「……先ほどはありがとう。助かったよ」

踊っていると、小声でトラヴィスが礼を言ってきた。

「本当に困っていたんだ。他国の令嬢相手に実力行使に出るわけにもいかないし、助かったよ」

眉尻を下げ、疲れたように息を吐き出す。その様子を見て、助けに入ったのは正解だったと思った。

「……知り合いが困っていたら助けるのは当たり前だもの。礼を言われるようなことはしていないわ。それに、その気もないのに言い寄られる辛《つら》さはよく分かるの」

「本当、やめて欲しいよね。でもダンスまでしてくれるなんて、本当によかったの？」

チクリと厭味《いやみ》を言ってみたが、トラヴィスにこたえた様子は見られなかった。

というか、自分のことだと思っていないらしい。メンタルが強すぎる。

呆れつつも口を開いた。

「……そこはダンスを引き合いに出した私の責任だもの」

ダンスをしている人たちの姿が目に入ったので言ったのだが、言葉にしたからには責任を取らねばならない。

それくらいの分別はあるし、やっぱりこうやって踊っていてもトラヴィスに対しては嫌悪感を抱かなかったから、まあこれくらいならしても構わないかと思えた。

彼のダンスは紳士的で、無駄に近づいたり、触れようとしたりしてこない。

適切な距離感を持ってくれるのならダンスは決して嫌いではないのだ。

「……あら？」

唐突に音楽が止まった。

見れば、宮廷楽団の指揮者に誰かが話し掛けている。ウェスティア帝国の人間だ。指揮者はその人物に苦い顔を向けていたが、ややあって頷いた。

指揮棒を振り上げる。次いで流れ始めた曲に愕然とした。

「え、この曲……」

社交ダンスにはあまり相応しくないアップテンポな音楽に、私だけではなく踊っていた皆も驚いていた。

速いだけではなく、リズムを取るのも難しい曲だ。

何故、他国の王族もいる中、こんな曲を流しているのかと驚きを隠せないでいると、目の前にいたトラヴィスが舌打ちをした。

「……チッ」

「トラヴィス？」

声を掛ける。トラヴィスは顰《しか》め面で唇を引き結んでいた。

「ごめんね。これ、僕に対する嫌がらせだよ」

「い、嫌がらせ？」

なんだそれ。

どうしてウェスティア帝国がサルーンの王子に嫌がらせなんてするのだろう。そう思っていると、彼は少し早口で言った。

「サルーン王国って、ウェスティア帝国に嫌われているからね。たぶん、僕が踊っているのを見て、恥を掻《か》かせてやろうって考えたんじゃないかな」

「ええ？」

そんな子供っぽい真似をと思ったが、途中で曲を変えるところを見てしまったので、否定もしづらい。

困惑する私に、トラヴィスが訳知り顔で頷く。

「本当にね、嫌になるよ。ウェスティア帝国は、サルーンが彼らと並ぶ大国であることが気に入らないんだ。だからこんな風に嫌がらせを仕掛けてくる」

「……踊れなそうな難曲に変えたり？」

「そ。指を差して笑ってやろうって悪辣な考え。でも大丈夫。あいつらには悪いけど、僕、ダンスは得意な方なんだよね」

先ほどまでとは一転、トラヴィスは真剣な目を向けてきた。

私に向かって、再び手を差し出す。

「一緒に踊ろう。大丈夫、君に恥を掻かせたりしないから。——僕を信じて」

「っ」

紫色の瞳に真摯な光を浮かべ、手を差し出すトラヴィスに、不覚にもドキッとした。

これまでの軽薄な印象が嘘のような様相に驚きながらも、彼の手を取る。

「……いいわ」

気づいた時にはそう返事をしていた。

トラヴィスがニッと笑う。

「いい返事。じゃあ、行こうか」

彼がグッと手を引っ張り、己の方へ引き寄せる。それを合図に踊り始めた。

奏でられる曲の速度はかなりのもので、足がもつれるのではないかと怖かったが、トラヴィスのリードは上手く、難所をするすると乗り切っていく。

——この人、本当に上手いわ。

周囲を見れば、曲についていけない人も多く、中にはなんとか踊ろうとして転んでしまった者もいる。

そんな中、トラヴィスは私をリードしながら完璧に踊り切った。

曲が終わった時には拍手喝采。

なんだかすごく面映《おもは》ゆかった。

また嫌がらせをされても困るので、次の曲が始まる前にダンスフロアから抜け出る。

ホッと息を吐いていると、トラヴィスが「お疲れ様」と声を掛けてきた。

「大丈夫だった?」

「ええ、かなり速い曲ではあったし、もう一度は無理だけど、あなたのお陰でなんとか踊り切ることができたわ」

体力消費がものすごい曲だったと思い出しながら告げると、彼も「確かに」と頷いた。

そうして私と向き合う。

「本当に今日はありがとう。君のお陰で命拾いしたよ。——それでさ、さっきのこともだけど、やっぱり僕は君が好きだなって思ったんだ。だから改めて求婚するよ。君が好きだ。僕の妻になってくれないかな?」

「お断りよ」

息をするように求婚されたが、こちらもさらりと断った。

彼に対して生理的嫌悪はないが、気持ちに応えるつもりもないのだ。

こんな人目もあるところでと思いながらもはっきりと告げる。

「何度求婚されても、私の答えは変わらないわ」

「そっか。うん、分かった。じゃあ、今日のところは引き下がるよ。助けてもらった恩もあるし、しつこくはしない」

「え」

「じゃ、ありがとう。好きだよ、ルル。またね！」

「……」

あっさりと手を振り、トラヴィスが去って行く。それを呆気《あっけ》にとられながらも見送った。

なんだろう。もっと食い下がってくると思ったのに。

あと、何度求婚されても答えは変わらないと言ったのに、その返答が「今日のところは引き下がる」というのも頭が痛い話だ。

だって「また来る」ということではないか。

「……本当に厄介ね」

眉を寄せる。ふと、先ほどの真剣な顔をしていた彼のことを思い出した。

難曲に及び腰になる私に向かって「僕を信じて」と告げたあの彼と、普段の軽薄としか思えない台詞を吐くトラヴィス。

どちらが本当の彼なのだろう。

「……いえ、どちらが本当だとしても私の答えは変わらないわ」

たとえ、トラヴィスを好ましく思う日が来るとしても、私の答えは『NO』一択。

それが分かっているから、彼について深く考えることに意味はなかった。

間章　トラヴィス

「あー……、ルルってば格好いい……」

「重症であるな」

ルルと別れたあと、マクリエを見つけた僕は、彼に声を掛けた。

男ふたりでバルコニーへ向かう。ルルに邪魔されたことを覚えているのか、さすがにもう一度声を掛けようとする令嬢はいなかった。

それにホッとしながらバルコニーへ出て、夜風に当たる。

先ほどのルルとのことを思い出せば、勝手に頬が熱くなった。

「僕が困ってるからって助けに来てくれるとか……ものすごく嬉しかったんだけど」

「確かに意外ではあった。かの姫はトラヴィスを好いているようには思えなかったゆえ」

「そうなんだよ。優しくて格好いい人なんだよ。好き～」

ルルへの思いが溢《あふ》れて止まらない。

でも、好きになった人が、容姿が良いだけでなく、性格も素晴らしいと知ったのだ。

嬉しくなるのは仕方ない。

見てくる。

冷たい風が恋で熱くなった身体を気持ち良く冷やしてくれた。そんな僕をマクリエが呆れた目で見てくる。

「なんとまあ。しかしトラヴィスが一目惚れをするとは思いもしなかったであるな」

「僕もだよ。でもさ、運命なんてある日突然やってくるものだから。あ、そうだ。一応釘を刺しておくけど、ルルにキラキラした目で見られたからって調子に乗らないでよね。ルルは君の筋肉に気を引かれただけなんだから」

これだけは言っておかなければと、強い口調で告げる。

マクリエはますます呆れ顔になった。

「分かっているのである。しかしまあ、女性にあのような好意的な目を向けられることは少ないであるからなあ。やはり拙者としてもそれなりに嬉しく思うのである」

「ふざけるなよ。もしルルに手を出したりしたら、国で待つ君の婚約者に言いつけてやるから」

じろりと睨み付ける。

マクリエには幼馴染《おさななじ》みの婚約者がいるのだ。その婚約者はマクリエが筋肉ダルマでも構わないと言える女性で、彼には勿体ない素晴らしい人だった。

「浮気したって言ってやる」

「事実無根の話をでっち上げるのはやめて欲しいのである」

「君がルルに近づかなければ、僕だってそんなことはしないよ！　なんだよ、ルルの好みが筋肉ダルマって！　こんなにもマクリエを羨ましく思ったことなんて一度もないんだけど‼」

今だけは、彼女の好みの体型である彼が羨ましくてならない。

ドンドンと欄干を叩く。

するとマクリエがバンバンと僕の背中を叩いてきた。

「ははっ、何事にも冷静沈着なトラヴィスがずいぶんと必死なことであるな。だが心を射止めたいのであれば、軽薄な口説き文句だけでは駄目だ。女性は動かぬぞ」

「……軽薄。う、やっぱりそう見える？」

「見えるであるな」

「そっかあああ」

頷かれ、がっくりと肩を落とした。

ルルにいつも胡散臭そうな顔をされているから、なんとなく察してはいたのだ。

「うう……僕はただ思ったことを口にしているだけなんだけどな」

「好き」も「可愛い」も本気で思ったから言っただけ。それを軽薄と受け取られるのはかなわない。

「……どうすればいいんだ」

「もう少し自分の心を素直に曝《さら》け出してみたらどうであるか」

「すでにこれ以上なく曝け出しているんだけど⁉」

そしたら「軽薄」扱いである。はっきり言って泣きそうだ。

「八方塞がりじゃないか」

「……トラヴィスは拙者が友人と認める素晴らしい男。愛を語らうだけではなく、もっと己の内面を見せるのだ。そうすればきっとかの姫君も振り返ってくれよう」

「……ありがと」

真面目に慰められ、乾いた笑いを零した。

しかし、己の内面を見せると言われてもなかなかに難しい。

心はすでにルルに開け放っているし、口説き文句以外でとなると、今度は何を話せば良いのだろう。

「うーん、うーん」

頭を抱えながらも、どうにか突破口はないものかと考える。

そんな僕をマクリエが酷く優しい顔をして見ていた。

第三章　事情

夜会も終わり、次の日から早速四カ国会議が始まった。

会議に出るのは父だけで、私は関係ない。

だが、私は私でやることがある。

女性同士のお茶会に出席することだ。

「ようこそ」

私が呼ばれたのは、ウェスティア帝国の第一皇妃の部屋。

目も眩《くら》むような黄金で彩られた部屋で私を待っていたのは、ウェスティア帝国第一皇妃、テレサ様だ。

ウェスティア帝国の皇帝には、第一皇妃と第二皇妃がいる。

テレサ様は今の皇太子を産んだ方で、帝城内でかなりの権力を握っているようだ。

艶のある黒髪と宝石のような緑の目をしたテレサ様は、ほっそりとした体型をしていたが、その目の力は強く、私を見定めようとしているのが伝わってくる。

「この度は、お招きにあずかりまして」

この女性を怒らせてはいけない。

絶対に粗相をしてはいけないと自分に言い聞かせながら、礼をとった。

「――そうね。この程度には美しくいてもらわないと困るわね」

私を品定めするように見ていたテレサ様がパチンと持っていた扇を閉じる。

その扇で、窓際にある茶席を示した。

「座りなさい。今日は私とあなただけです。ふたりで気負わずお話をしましょう」

「……はい」

厳しい視線を向けられ、内心冷や汗をかきつつ、返事をする。

テレサ様は胸元が大きく開いた赤いドレスを着ていた。腰のラインが出るマーメイドドレスで、彼女が動くたび、足下に纏わり付いた赤い生地がさやさやと揺れる。

彼女に示された席へと腰掛ける。

私が今日のために選んだのは、薄いクリーム色のドレスだ。

肌見せが全くないシックなデザインのもの。

民族衣装は避け、帝国に合わせた方が無難だろうと踏んだのだが、この感じだとたぶん正解なのだと思う。

「失礼いたします」

女官がやってきて、お茶を用意してくれる。

テレサ様と私の前に置かれたのはチョコレートやクッキー、マフィンといった菓子類が綺麗に盛られた皿だった。

お茶は、ウェスティア帝国産のブレンド紅茶。

紅茶の匂いは芳しく、きっと美味しいのだろうなと思ったが、テレサ様がずっと刺すような視線で私を見ているので、全く気が抜けない。

女官が下がり、ふたりきりになる。

テレサ様が無言で紅茶を飲み始めた。やれることも他にないので私も同じように紅茶のカップを取る。

正直、味なんて分からない。

お茶菓子には手を出さなかった。実は私は甘いものが苦手なのだ。

勧められれば腹を括《くく》る気であったが、幸いにもそうなることはなかった。

しばらく苦痛でしかない無言の時間が続いたあと、テレサ様がティーカップを置き、私に言った。

「――サルーンの王太子と良い感じだという話を小耳に挟みましたが……本当ですか」

「へ？　ま、まさか！」

慌てて否定する。

いきなりその話をされるとは思わなかった。

「とんでもありません。そのようなことあるはずもなく、おそらく面白がった誰かが流したくだらない噂話かと」

姿勢を正し、再度あり得ないと否定する。

テレサ様は物言いたげな視線を送ってきた。

「なるほど。事実無根というわけですね？」

「もちろんです」

「昨日の夜会で踊っていたようですが？」

鋭い指摘には震えたが、私は予《あらかじ》め用意しておいた答えを返した。

「あれは、女性たちに囲まれて困っていたのを助けただけです。知っている方が困っているのに見過ごすような真似はできませんから」

「他意はない、と？」

「はい」

できるだけ真剣に頷く。ここで彼女に変な誤解をされては困るのだ。

それにトラヴィスと良い感じなんていうのは大嘘なのだから、否定するのは当然。

「そう。それならいいのです」

真剣に否定するとテレサ様はわざとらしく私を見つめつつも頷いた。

どうやら許してもらえたようだとホッと胸を撫で下ろす。

皇帝もだが、この人にも嫌われるわけにはいかないのだ。

父からも強く言われているし、私もよく分かっている。

だって——。

「皇帝陛下は小鳥、なんて例えておられましたが、あれはそんな可愛いものではないでしょうに」

「……」

頭を下げるだけに留める。

テレサ様、そして皇帝が言った『小鳥』というのは私の弟のことだった。

実は私には、今年十七歳となるキースという名の弟がいるのだ。

彼は明るく穏やかな気質の子で、アンティローゼの正当な跡継ぎ。

だが、彼は今アンティローゼにはいない。

弟がいるのは、このウェスティア帝国。

彼は八年前の戦争の折、人質として囚《とら》われたのである。

人質を取られていることは、私たちとウェスティア帝国の関係者以外、誰も知らない。

私たちがそれについて話せないのはウェスティア帝国側から口止めされているからなのだけれど、弟がどうなるか分からないということもあって、自発的に口を噤《つぐ》んでいるところもある。

弟が人質として取られたのは、停戦の話が出た時のこと。

ヴィルディング王国国王立ち会いの下、アンティローゼで停戦協定は結ばれたのだけれど、その際、秘密裏に弟は攫《さら》われた。

私たちは何度も返して欲しいと訴えたが聞き入れられることはなく、現在も弟はウェスティア帝国に囚われの身となっている。

私たちがウェスティア帝国に強く出られないのは、こういう事情があった。

何も言えない私を見て、テレサ様が満足そうな顔をする。

「ふふ、賢いこと。自分の立場を弁《わきま》えている子は嫌いではないわ。そう、賢いといえば私の息子、オコーネルとはもう会ったのかしら」

「い、いえ、まだ、です」

オコーネル皇子の名前を出され、ビクリと肩を震わせる。

オコーネル皇子は、ウェスティア帝国の第一皇位継承者で、彼女が産んだ息子だ。

実は今回、父は私をオコーネル皇子に嫁として差し出すことで、キースの身柄を解放してもらうことを考えていた。

その話は事前に父から聞いていたし、王族としての務めだと納得していたが、オコーネル皇子は女癖が悪く、嬉しいとは露ほども思えなかった。

彼は何十人もの女性を後宮に囲うだけでは飽き足らず、気に入れば女官や下働きの女にまで手を出す女好きなのだ。

仕事をしていただけなのに、ベッドへ無理やり連れ込まれて襲われた……なんて話も聞く。

しかも飽き性で、やり捨ては当たり前。なんなら欲しいと言った部下に下げ渡すこともあると聞けば、好感など抱けるはずもない。

「あなたのお父様が今、必死にオコーネルとの婚姻を皇帝陛下に訴えているみたいだけれど、どうなることか。まあ、美しいのは美しいみたいだから、オコーネルと釣り合わないとは言わないけれど……ねえ？」

「……」

「サルーンの王太子と良い感じだというのも嘘みたいでよかったわ。だって、そんな子を大事な息子の妻には据えられないじゃない？」

「……はい」

小さく返事をする。

そう言われると思ったから、トラヴィスと必要以上に仲良くしたくなかったのだ。

オコーネル皇子とはまだ婚約関係にないが、父がなんとしても話を纏めようとしているのは知っているし、皇帝も乗り気だと聞いている。

その私がオコーネル皇子ではなく、サルーンの王太子と仲良くしているなんて良い気はしないだろう。だからトラヴィスと距離を取りたかったのに、父ときたら彼にまで良い顔をしようとするのだから迷惑な話である。

私の話を聞いたテレサ様が美しく微笑む。

「まあいいでしょう。この感じなら四カ国会議の終わりに婚約発表がなされるのかしらね。結婚すればあなたは私の娘となる。ええ、そうね。私、美しく物分かりの良い子は嫌いではないわ。あの時代遅れの民族衣装を着てこないだけの分別もあるようだし」

「……」

国に長く伝わる民族衣装を悪く言われ、腹が立ったが必死に堪える。

やはりカフタンを着てこなくて正解だったのだ。もし着用していたら、今よりもっと酷いことを言われただろう。考えただけでうんざりする。

「言い返さない。そう、及第点ね。今後もその態度を崩さなければ可愛がってあげましょう。もちろん、あなたが第一妃の間は、という注釈はつくけれど」

第一妃の間は、という言葉に棘《とげ》を感じる。

彼女もオコーネル皇子の女癖の悪さを知っているので、そのうち離縁されるか第二妃や第三妃に落とされるとでも言いたいのだろう。

本来ならアンティローゼの第一王女に対し、そんな扱いはしないしできないはずだが、オコーネル皇子ならやりかねない。

それくらい悪い噂を轟《とどろ》かせている男なのである。

ひたすら黙ってテレサ様の話を聞き続ける。

彼女の話は主に息子であるオコーネル皇子についてだった。

悪名が轟いていても、テレサ様にとっては可愛い子供のようで、いかに彼が優れた人物かを話してくる。

「あの子ほど、血統に優れた存在もいません。元公爵家令嬢である私と皇帝陛下の子供。たかが男爵家出の第二皇妃とはわけが違うのです」

苛立たしげに扇を手に取り、テーブルに打ちつける。

第二皇妃には第二皇子という息子がいるのだ。だが、血統の点でかなり劣っており、第二皇位継承者ではあるが、皇帝の位が回ってくることはないと言われている。

ウェスティア帝国は何よりも血統を重んじる国だからだ。

「それにあの子は顔立ちも美しいし。ねえ、あなたも綺麗な顔をしていると思うでしょう?」

「そう、ですね」

さっき会っていないと答えたのに同意を求められても困ると思ったが「いえ、お会いしていませんので知りません」などと言えるはずもない。

ひたすら「はい」の返事を繰り返し、テレサ様の話が終わるのを待った。

テレサ様の息子話はそれから三十分以上も続き、ようやく終わりが見えてきた。ホッとしていると、ふと、彼女が意味ありげな視線を向けてきた。

「ねえ」

「……はい」

私に話し掛けているのだと気づき、返事をする。

彼女はにんまりと唇の端を吊《つ》り上げた。

「最後までお利口に話を聞けたあなたにいいことを教えてあげましょう。もし例の小鳥を探そうと思っているのなら、帝城内を探しても無駄。だってここにはいないもの。偶然、見つけられたとしても警備は厳重。どうしようもできないわ」

「……え」

目を軽く見張る。

彼女が今示唆したのは、間違いなく弟のことだと分かったからだ。

ウェスティア帝国に囚われている弟。

彼とはこの七年、一切連絡を取れていない。手紙のやり取りすら禁止されていた。十歳の時に攫われた弟が、今どうしているのか。父は皇帝から不定期に「元気にしている」と聞いているらしいが、本当はどうなのだろう。

私たちに対する人質なのだからきっと元気に生きていると信じてはいるけれど、ひと目だけでも会いたいと思っていた。

今回だって私が父についてきたのは、皇帝への目通りという目的もあったが、弟と会えないだろうかという期待が少なからずあったから。

帝城は広いが、頑張って探せば運良く弟と会えたりするのでは、なんて考えていた。

その甘い期待を見透かされ、身体が強ばった。

テレサ様が嘲笑《あざわら》う。

「あなたたちが来ると分かっているのに、同じ場所に置くはずないじゃない。それくらい分からないのかしら」

「……」

馬鹿にされているのは分かったが、何も言えなかった。

顔を俯《うつむ》かせる。

テレサ様がパチンと扇を己の手のひらに打ちつけた。

「なんとか言ったらどうなの？」

「……申し訳ありません。そのようなことは露ほども考えていなかったので、予想外すぎて驚いていたのです」

弟を探そうなんて思っていないと、そう答える。

テレサ様は「そう。私の考え違いだったのかしら。それならそれでいいのよ」とにんまり笑っている。私がショックを受けたことに気づいている様子で、酷く上機嫌だ。

深く頭を下げる。

そのあともテレサ様の探るような質問と息子の自慢話が続いたが、私は忍の一字で乗り切った。

◇◇◇

「つ、疲れたわ……」

二時間ほどのお茶会が終了し、テレサ様から解放された私は、重い身体を引き摺りながら帝城内を歩いていた。

護衛はいない。

彼らはついてきたがったが、今回もウェスティア帝国側に「NO」と言われたからだ。

私たちがウェスティア帝国を刺激したくないと思っていることを彼らは知っているのだろう。命じれば言うことを聞くと侮っているのだ。実に腹立たしい話である。

それもあり、テレサ様の部屋を出た時、帝国兵が部屋まで送ると言ってくれたのを断った。一度歩いた道は覚えているので放っておいて欲しい。

「……キース」

弟の名前を呟く。

無意識にではあるが、周囲をキョロキョロと見回してしまった。テレサ様には帝城内にいないと釘を刺されはしたが、彼女の言葉が嘘という可能性だってある。いや、たぶん本当のことを言ったのだとは分かっているが、もしかしたらという気持ちが消えないのだ。

すぐ近くに弟がいるかもしれない。どうしたってそんな風に考えてしまう。

「どこにいるのよ……」

元気な弟をひと目でいいから見たかった。

何せ父がお願いしても、皇帝は頑として頷かないから。

私が知っている弟は十歳だった。あれから七年。弟はどんな風に育っているのだろう。

元気だろうか。

健康に育っているだろうか。

教育は受けさせてもらえているのだろうか。知りたいことはいくらでもある。

「そこの女」

「……え」

ぼんやりと歩いていると、正面から声を掛けられた。

そちらに目を向ける。

黒いジュストコールを着た黒髪黒目の男性が、私を見つめていた。

黒髪を背中まで伸ばした男は、私より十は年上だろうか。かなり濃い顔立ちをしていた。その造形は非常に整っていると言えたが、目つきがどうにも気持ち悪い。

だって、こちらを値踏みするような目。

あからさまに欲をぶつけられ、ゾッと背筋が震えた。

「……」

「何か言ったらどうだ。この俺、ウェスティア帝国皇太子が話し掛けているのだぞ」

「……オコーネル殿下」

自慢げに名乗られ、彼が将来の婚姻相手だと悟った。

急いで頭を下げる。

「……申し遅れました。私、ルルーティア・アンティローゼと申します」

「ルルーティア……ああ、三国一の美姫と名高いあの。ほう……確かに美しいな」

オコーネル皇子が近づき、指で私の顎を摑む。

無遠慮な視線と態度が気持ち悪く鳥肌が立ったが、必死に耐えた。

——うう、気持ち悪い。

オコーネル皇子とは初めて会ったわけだが、吃驚するくらい嫌悪感が強かった。

彼は豪奢な服を着ており、清潔感もある。若く顔も整っていて、息が臭いわけでもない。

それでも、耐えきれないと思うほどの生理的嫌悪があった。

その理由はおそらく目だ。

彼の私を見る目があまりにも気持ち悪くて、嫌悪感を抱いてしまうのだと、そう思う。

「……金髪に青の目。そうか、あの男と同じか」

「っ！」

オコーネル皇子の独り言を聞き、ハッとした。

彼が弟のことを言っていると気づいたからだ。

だって私と父は瞳の色合いが少し違う。私も弟も母譲りの青い目なのだ。

父は金髪だが目の色は緑という方が近い。

同じ配色だというのなら、間違いなく弟のことを指していた。

「……あ、あの」

思わず声を掛けてしまった。

指を離したオコーネル皇子が私に問いかける。

「なんだ」

「その……その人は、今はどこにいるのでしょう」

次の瞬間、オコーネル皇子はニヤッと口の端を吊り上げた。

私がキースを探していると悟ったのだろう。失敗したと思うも期待は止められなくて、縋《すが》るように男を見つめてしまう。

それに気づいたオコーネル皇子はますます意地の悪い笑みを浮かべた。

「さてな、もしかしたら今頃どこぞの屋敷の窓から帝城を見上げているのかもしらんが、それは俺の与《あずか》り知らぬところ。それよりルルーティアと言ったか。今夜俺の夜伽《よとぎ》の相手をしろ」

「えっ……」

突如、告げられた言葉に、一瞬、頭の中が真っ白になる。

——わ、私に夜の相手をしろって言ってるの？　王女相手に？

通常ではあり得ない話だ。

オコーネル皇子がニヤニヤと笑いながら私の胸元を眺めている。

それに気づかない振りをして、できるだけ平静に告げた。

「……私では、高貴なあなた様のお相手は務まらないかと」

弟のことがある手前、オコーネル皇子を怒らせることはできない。

どうにか上手くこの場を逃げ出さなければ。そう思ったが、オコーネル皇子は納得してはくれなかった。

「別に構わないだろう。それに話によれば、お前と俺には婚姻の話があるようだ。夫婦となる前に互いを知っておくのも悪くない話と思うが」

「……」

顔が引き攣った。

どうやら結婚話はすでにオコーネル皇子の耳に入っているらしい。

話が進んでいる証拠ではあるが、今、この時は全く嬉しくなかった。

なんとか逃れたい一心で口を開く。

「古い考えと思われるかもしれませんが、私は婚姻前に、というのは遠慮したいと思っております。それにまだお話が決まったわけでもありませんし」

「お前の父はなんとしてもお前を俺に嫁がせたいようだがな。まあいい。そういう女を屈服させるのも嫌いではない。――そうだな。気が変わった。夜と言わず、今から来い」

「えっ……」

「朝まで可愛がってやろう。ああ、そうだ。もし俺に付き合えば、お前の知りたいことを教えてやれるかもしらんなあ」

「……」

絶句する。

間違いない。オコーネル皇子がチラつかせているのは、弟のことだ。

彼は、私が一晩付き合えば、キースのことを教えてもいいと、そう言っているのだ。

「さあ、どうする？」

お前次第だと告げるオコーネル皇子だが、彼は勝利を確信しているようだった。

それだけ私が弟の情報を欲しがっていると気づいているのだろう。

確かにキースのことは教えて欲しい。

それに近いうち、結婚する相手なのだ。取り引きに応じるのも悪くないはず。

そう思うのにどうしても「はい」という言葉が出てこない。

「う……」

この男に抱かれる己をうっかり想像してしまい、吐き気がした。

素肌に触れられ、大切な場所を暴かれる。それは到底今の私に許容できることではなかった。

――無理、無理だわ。

嫌だという気持ちで心の中がいっぱいになる。

返事ができず、その場にただ立ち尽くした。

「ちっ」

痺れを切らしたオコーネル皇子が私の手首を摑む。

「もういい。どうせお前の返事など聞いていない。――来い」

「嫌っ……！」

手首に触れられた瞬間、凄まじいまでの嫌悪感に襲われた。

この男に触れられたくなくて、側《そば》に寄りたくなくて、必死に抵抗する。

「嫌、離して……！」

「嫌がっているのも今だけだ。俺に抱かれればすぐにお前も悦《よろこ》ぶようになる」

「いやああ！」

抵抗を力で封じ、彼が私を引き摺っていく。

なんとか踏みとどまろうとしたが、オコーネル皇子の力は強く私の抵抗などものともしない。

このままでは連れて行かれてしまう。

そしたらどうなるのか。

決まっている。この男に抱かれるのだ。

――嫌……。

顔を俯かせた。

本当にそんなことになったら舌を嚙《か》み切って死んでしまうかもしれない。

それくらい拒絶の気持ちは強かった。

「――ちょっと」

目に涙が溜まり、零れ落ちたその時だった。

不機嫌そうな声と共に、誰かが私たちの行く手を遮った。

邪魔をされ苛立ったオコーネル皇子が、立ちはだかった人物を思いきり睨み付ける。

「俺の邪魔をするのは一体どこの誰――お、お前……」

棘のある声に驚愕が混じる。

心なしか、先ほどまでの勢いも弱まっているようだ。

ウェスティア帝国の皇太子の邪魔ができるなんて一体どこの誰だろう。一縷《いちる》の希望を託し、顔を上げてそちらを見る。

「あ……」

腕を組み、見下すようにオコーネル皇子を見ていたのはトラヴィスだった。

「トラヴィス……」

どうして彼がこんなところに。

驚く私を余所《よそ》に、トラヴィスが口を開く。

これまで聞いたことがない強い口調だった。

「ルルに不埒《ふらち》な真似をするのはやめてくれないか。不愉快だ」

「……お前、俺が誰だか分かって……」

「ウェスティア帝国のオコーネル皇子だろう。そちらこそ僕のことが分からないのかな？」

トラヴィスがチラリと私に視線を送る。摑まれている手首に気づき、グッと眉を寄せた。

「分からないのなら教えてあげるよ。僕はサルーン王国の王子だ。たぶん、君の父上に言われているんじゃないかな。サルーンには近づくなって」

「……何を」

強気に告げるトラヴィスに気圧《けお》されたのか、じりじりとオコーネル皇子が下がる。

そんな彼にトラヴィスは殊更軽い口調で言った。

「理由まではたぶん教えてもらえていないよね。ああ、そうだ。皇帝陛下に伝えてくれる？　嫌がらせも大概にしないと、大変なことになりますよって」

「大変なこと、だと。どういうことだ」

「さあね」

知らないとばかりに短く鼻で笑うトラヴィス。完全に彼の立場の方が上だった。

「それは君自身が皇帝陛下に聞けばいいことだよ。教えてくれるかどうかは分からないけどね」

「……」

「それで？　いい加減、ルルの手を離してもらえないかな。彼女が嫌がっていることくらい君のその足りない頭でも分かるだろう。女性に無体を働くなんて皇子のすることとも思えないけど。僕から皇帝陛下に『どんな教育をしているんですか』とでも聞いてあげようか？」

痛烈な台詞にオコーネル皇子がカッとなる。掴んでいた私の手を思いきり振り払った。

「くそっ！　こんな女、誰がいるか！」

「きゃっ……」

「ルル！」

勢いよく振り払われたせいでバランスを崩して転げそうになったが、トラヴィスが駆け寄って支えてくれた。

「大丈夫？」

「え、ええ」

支えてくれたトラヴィスに目を向ける。オコーネル皇子は私たちを憎らしげに見たあと、顔を赤くして叫んだ。

「興が醒めた。もういい！」

ドスドスという音を立てながら立ち去る。

それを呆然と見送った。じわじわと湧いてくるのは安堵《あんど》だ。

彼と共に行かずに済んだという事実に、全身の力が抜けるかと思うほどホッとした。

そんな私にトラヴィスが気遣わしげに声を掛けてくる。

「君がオコーネルに連れて行かれているのを見つけた時は驚いたよ。あいつは女癖が悪いことで有名な男なんだ。本当に間に合ってよかった」

心から私を案じてくれるトラヴィスを見つめる。

私の肩を抱く彼に、オコーネル皇子に対して感じた嫌悪感は全く抱かない。

独りよがりな欲望など欠片《かけら》も滲《にじ》ませず、ただ心配してくれるトラヴィスは、きっととても良い人なのだろう。

オコーネル皇子とは違って。

「……」

縋ってしまいそうになったが奥歯を噛みしめて堪え、思いきりトラヴィスを睨み付けた。

「……私、助けてなんて言ってないわ。放っておいてくれればよかったのに」

出た言葉は、酷く憎たらしいものだった。

助けてくれた相手に対して掛ける言葉ではない。

でもウェスティア帝国に逆らってしまったという恐怖があったのだ。

父からは皇帝や、それに連なる人たちには従えと口を酸っぱくして言われている。それなのにさっきの私ときたらどうだ。

従うどころか思いきりオコーネル皇子を拒絶した。

しかも、ウェスティア帝国と仲の悪いサルーンの王子に助けられてしまった。

ああ、もしそれを皇帝やテレサ様に話されたら、あとでなんと言われるだろう。

そしてそのせいで弟が酷い目に遭ったりしたら？

恐ろしい妄想は膨らむばかりでとどまるところを知らない。

私の事情なんて何も知らないトラヴィスが血相を変える。

「そんなに震えて、何を言っているんだよ。君だってあんなに嫌がっていたじゃないか」

「嫌よ、嫌に決まってる。でもウェスティア帝国には逆らいたくないの。これは父の意向でもあるわ。敵愾心《てきがい》があるなんて思われたらどうしたらいいのよ……」

——私、「嫌」なんて言ってはいけなかったんだわ。

今更ながらに己の立場を思い出す。

舌を嚙み切ることだって私には許されていないのだ。

だってそんなことをすれば、弟がどうなるか分からないから。

——ああ……。

こうなるともう、助けられたことさえ腹立たしかった。

どれほど嫌でも素直に抱かれていれば……。

「大丈夫だよ」

優しい声が響き、そちらを見る。

トラヴィスが柔らかく笑っていた。

八つ当たりをした私の手を握り、励ますように告げる。

「大丈夫。あいつが何か言ってきても、僕が守るから。愛する君のためなら僕はいくらでも動くよ。頼ってくれていい」

心から言ってくれているのだろう。守るという彼の目は真剣だった。

だけど、今の私にはなんの意味もない言葉だった。

だって彼はこちらが弟という人質を取られていることを知らない。

知らないからこそ言える言葉なのだ。

そう思うと、何もかもが腹立たしく思えてくる。

「……何も知らないくせに。そういうのが迷惑だって言ってるの」

棘のある言葉が出る。

その場に留まっていることさえ不快で、彼を振り払い、礼も言わず、足早にその場を立ち去った。

廊下を急ぎ足で歩く。トラヴィスは追ってこなかった。

それにホッとするも時間が経つにつれ、自分のしたことがだんだん恥ずかしくなってきた。

カッとしていた気持ちが冷静になったのだ。

「……最低。私、何をしているのかしら」

部屋に戻りながら、途方に暮れる。

トラヴィスが弟のことを知らないのは彼のせいではない。

それなのに彼に八つ当たりをしてしまった己が幼稚すぎて恥ずかしかった。

トラヴィスは助けてくれたのに。

本当は嫌だった。オコーネル皇子に連れて行かれそうになった時「助けて」と叫びたかった。

それを助けてもらえて、心からホッとしたのに、私ときたらあの態度だ。

「恩人に対する態度ではなかったわ。今度、謝らないと」

冷静になれば分かる。

いくら事情があったとしても、していい態度ではなかった。

でも、あんな酷いことを言った私に『次』なんてあるだろうか。

「……ない、わよね」

己の身体を強く抱きしめる。

せっかく助けたのに礼も言わない女など、見捨てるのが当たり前だ。

そう思い、今更ながらに抱き留められた腕が心地好《よ》かったな、なんて思い出す。

オコーネル皇子とは違う、どこかホッとする腕の力。

手を握られても嫌ではなかった。

どうせ結婚しなければならないのなら、オコーネル皇子ではなくトラヴィスだったらよかったのに。

そんな風に思い、ハッとした。

——私今、何を考え……。

無意識にトラヴィスの方がいいと思っていた自分に気づき、首を横に振る。

こんな感情は何かの間違いだ。本当であるはずがない。

大体、考えたところで無駄なのだ。

父は、オコーネル皇子を私の結婚相手に決めている。それを覆すことなどできるはずがない。

だって、交換条件に弟の解放があるのだから。

トラヴィスと結婚したって弟は帰ってこないのだから、彼と結婚する意味なんてないのだ。

「……そういうことなのよね」

別に悲しくはない。

王族として、とうに覚悟はできている。

ただ、今日の私はその覚悟が足りなかっただけ。

次回誘われた時には、笑顔で「はい」と言えるようにならないと。

だって私はオコーネル皇子の妻となるのだから。

「う……」

吐き気が込み上げてきて、口元を押さえた。

結局、私の心も身体も私なんかよりよほど正直で、本当はオコーネル皇子なんかに嫁ぎたくないのだ。

第四章　弟

幸いにも、あれからオコーネル皇子が何か言ってくることはなかった。

どうやら皇帝である父親にも言いつけなかったらしい。

お咎《とが》めがあるかもと震えていただけに何もなかったことにホッとしたが、彼との婚姻話がなくなったわけではないので、やはり憂鬱は憂鬱だった。

父は毎日皇帝と面会し、婚姻と引き換えに弟を返してもらえるよう交渉を続けているらしい。

その話を聞けば「やっぱり嫌です」とは言えない。

どうあってもオコーネル皇子に嫁ぐ未来しかないようだ。

◇◇◇

「仕方ない、と諦めはしているのだけどね」

自身に与えられた部屋の窓からぼんやりと外を眺める。

ものすごく嫌だがオコーネル皇子に嫁ぐことは仕方ない。でも今回の滞在中に弟と会うことを私はいまだ諦めていなかった。

むしろ、その気持ちは更に強くなり、なんとしてもというところまで来ている。

だってあんな男に嫁ぐのだ。

それならせめて弟に会って「私さえ我慢すればちゃんと弟が帰ってくる」と納得したかった。

どこにいるのかも分からない、無事なのかも分からない今の状況では、なかなか腹を括りきれない。

考えたくもないことだが、万が一弟が死んでいたりしたら、私が嫁ぐ意味なんてなくなるではないか。

弟が元気にしているのさえ確認できれば「これは必要な政略結婚だ」「全てはアンティローゼの王位継承者である弟を返してもらうため」と呑《の》み込むことができる。

そう、弟に会いたいのは、完全に私情。自分のためだった。

だから探していることを父にも伝えていない。

もし知れば、父は私の行動を止めるだろう。下手な動きをして、皇帝の不興を買いたくないと思うはずだ。

私よりも父の方が強く弟の帰還を願っているから、そこは間違いない。

父は、亡き母の残した唯一の王位継承者である弟を、なんとしても取り返したいのだ。

父は母を深く愛しており、今後も後添《のちぞ》えを娶《めと》るつもりがない。つまり、この先跡継ぎが産まれる可能性はゼロ。

アンティローゼの未来のためにも弟を取り返さなければならなかった。

「テレサ様は弟が帝城内にいないと言っていたけれど……」

ひとり呟く。

テレサ様に嘘を吐く理由はない。

彼女の言葉は真実なのだろうけど、それを確かめる必要はあると思った。

「とりあえず、帝城内を調べてみようかしら」

何もせず、四カ国会議が終わるのを待つなんて愚行でしかない。

まずはできることから。

そう思った私は、ナリッサに言った。

「ちょっと帝城内を歩いてくるわ」

「帝城内を?」

「ええ。すぐに戻ってくるから」

ざっと一回りするだけのつもりなので、時間は掛からないはずだ。

ナリッサはついてきたがったが、弟探しに付き合わせるわけには行かないので断った。

そもそも弟がウェスティア帝国に囚われていることを、彼女は知らないのだ。

アンティローゼ内で知っているのは、私と父、そして宰相の三人だけで、あとの皆は、弟は身体が弱く、部屋に引き籠もっていると信じきっている。

そう言えと命令してきたのもウェスティア帝国で、こちらが逆らえないと思って好き放題言ってくるのが憎らしいが、黙って従うより他はない。

「早く弟を返してもらわないと」

ひとり、廊下を歩きながら呟く。

私が嫁ぎ、弟を返してさえもらえれば、今のウェスティア帝国に従うしかない状況から少しはマシになる。

王女と王太子、どちらが国にとって重要かという話なのだ。

アンティローゼでは女性の戴冠が認められていないので、どうしたって弟を取り返す必要がある。

私？

私は最悪、見捨ててくれればいい。

アンティローゼが無事に国として立ち直ること。それが私の最大の望みなのである。

「……」

キョロキョロと周囲を見回す。

帝城の廊下には帝国兵が立っていた。彼らを見て、考える。

「キースは囚われの身で、帝国としては逃げられたら困るんだから、かなり厳重な警備を敷いているはずよね」

まずはそういう怪しそうな部屋を探そう。そう思ったのだ。

立ち入れる場所全てを虱潰《しらみ》しに歩いて行く。

警備が厳重な部屋はないかと目を光らせたが、残念ながら怪しい部屋は見つからなかった。

どこも普通の警備だ。

「……やっぱり、テレサ様のおっしゃった通り、帝城の外にいるのかしら」

それとも、私が立ち入れない場所にいるのだろうか。

どちらも可能性としてはありそうだ。

「あ……」

廊下の向こう側から、四人の人物が歩いてくるのが見えた。

咄嗟《とっさ》に近くの柱の陰に隠れる。

こちらに向かって歩いてきたのは、四カ国会議を行っている面々だった。

ウェスティア帝国の皇帝に、アンティローゼ国王である私の父。ヴィルディング王国王太子のマクリエ殿下。そしてサルーン王国の王太子であるトラヴィスというそうそうたる顔ぶれだ。

時間的に、今日の会議を終えた直後なのだろう。

皆、真剣な顔をしている。

主催者であるウェスティア帝国の皇帝が「それでは」と告げた。

「会議の続きはまた明日ということにしよう。このまま話しても纏まらない」

「そうだね。そうしようか」

皇帝の言葉に応えたのはサルーンの民族衣装を着たトラヴィスだ。

相手が皇帝だというのに、敬語を使っていない。

驚いていると、彼は真っ直ぐに皇帝を見つめ、口を開いた。

「このままではウェスティア帝国ばかりが利を得ることになるからね。さすがに今日の話をそのまま受け入れるなんてあり得ないよ。そちらが関税率を上げるというのなら、対抗措置を取らせてもらう。君たちが大好きなうちの国の茶葉。その関税率を更に上げてもいいんだよ?」

強い言葉で皇帝に釘を刺すトラヴィスに、こちらも自国の民族衣装であるクルタを着たマクリエ王子が同意した。

クルタは膝上までのロングブラウスとゆったりとしたパンツという組み合わせだ。

マクリエ王子の体格でも無理なく着ることができている。

「確かに、ウェスティア帝国にのみどこまでも都合の良い要求であったな。もし本気だと言うのなら、拙者もトラヴィスと同様、対抗措置を取らせてもらうことにする。アンティローゼ国王、そちらはどう思うのか」

「……アンティローゼとしては特に問題はありません。皇帝陛下の良いようになされればと」

「……」

「……」

分かりやすく皇帝の味方をした父に、ふたりの視線が突き刺さる。

トラヴィスが意地悪く言った。

「ふうん。アンティローゼはウェスティア帝国につくんだ。自国の利益を優先することなく、他国に従うのって、独立国家としてどうかと思うけど」

「その通りであるな。アンティローゼ国王よ。アンティローゼは帝国の属国ではないのだから、もっと自国のための主張をするべきであるぞ」

「そうそう。それにさ、君が要求を呑めば、僕たちにまで影響が出るわけ。もちろん分かってるんだよね？」

トラヴィスが父に非難の目を向ける。

何も言い返せないのか、父は彼から視線を逸らしていた。

話しても無駄だと悟ったのか、トラヴィスは父と会話するのをやめ、また皇帝とやり合い始めた。

「すごい……」

挨拶の時に少し言葉を交わしただけの皇帝は、私には恐ろしい人にしか思えなかったが、トラヴィスは違うようだ。

堂々と応対している。

皇帝もトラヴィスを無下にすることはなく、対応に苦慮しているようだった。

自分の言い分が通らないことに苛立ちつつも、サルーン王国の出方を窺っている。

アンティローゼには決してしてもらえない対応だ。

「……」

各国の皇帝や国王相手に一歩も退《ひ》かず、言いたいことを言うトラヴィスを柱の陰から見つめる。

彼が優秀な王太子だということは話に聞いて知っていたが、本当だったようだ。

主導権を握ったまま、自分の思う方向へ話を向けようとしている。

父も四苦八苦しているみたいで、冷や汗をかいていた。

皇帝は……不本意だと言わんばかりの顔をしている。

そんな皇帝にトラヴィスは厳しい視線を向け、挑むように告げた。

「さて、そういうわけで、僕としては——を——感じにしたいんだけど？」

肝心なところが小声で聞き取れなかったが、トラヴィスが相当無茶な要求をしたのだということは、皇帝の反応から分かった。

渋い顔で答えている。

「それを呑めば、我が帝国になんの旨《うま》みもないことになるが」

「あはは。それを最初に言い出したのは君だよ。——つまりそういうことを君は言ったんだって話なんだけど。どうかな？　少しは考え直す気になった？」

「……検討する」

「どうも」

舌打ちせんばかりの皇帝に、トラヴィスがにっこりと笑う。

話は主にトラヴィスと皇帝が進め、時にマクリエ王子も参加していた。

それぞれなんとか自国の利益を守ろうとしているのが伝わってくる。

そんな中、父は帝国に従うスタンスを崩さなかった。

弟のことがあるからあまり無茶なことはできないのだろう。父だけ自国の民族衣装ではなく帝国風なのも逆らうつもりはないという分かりやすいアピールだ。その辺りはさすがに理解できたが、トラヴィスとマクリエ王子は良い顔をしなかったし、正直私も奥歯に物が挟まったかのような話し方をする父に苛々した。

「……もっと堂々として欲しいわ」

四人が立ち去ったあと、隠れていた柱の陰から出る。

自国の利益を守ろうとする他の国とは違い、父は終始一貫してウェスティア帝国皇帝の顔色を窺っていたような気がした。

「……お父様の立場も分かるけど……」

偶然とはいえ、嫌な場面を見てしまったものだ。

そして思っていた以上にトラヴィスが王太子としてしっかり仕事をしていたことに驚いた。

甘ったるい態度で口説いてくる彼しか見たことがなかったので、仕事モードの真面目な姿に強いギャップを感じたのである。

私たちが強く出られない皇帝に対しても一歩も退かずにやり合うトラヴィスは、さすが一国の王太子と思える有能さを見せつけていた。

なるほど。国の代表として派遣されるわけである。

マクリエ王子と組み、帝国を追い詰めていく様は見ていて心地好かった。

「……と、私もいつまでもぼうっとはしていられないわね」

おおかた調べ終わったことだし、部屋に戻った方が良いだろう。

調査できる範囲に怪しい部屋はなく、これ以上探していても意味はない。

「次は外ね……」

廊下の窓から外を見る。

帝都が広がっている。

人口百万人超えとも言われる帝都。そんな場所を調べるのは骨が折れるとは思うが、諦めるつもりはなかった。

◇◇◇

次の日、私は早速行動に移すことを決めた。

ナリッサはいない。

彼女は軽食をもらいに、厨房《ちゅうぼう》まで出かけているのだ。

私はお茶だけで構わないと言っているのだけれど、彼女は「お茶だけなんてあり得ません」と憤然としていた。

偶然ではあるがひとりきりとなった室内。

私はソファに座り、第一皇妃であるテレサ様から聞いた言葉を思い出していた。

「……」

彼女は、弟は帝城内にいないと言っていた。その言葉が本当かも分からないが、昨日、あれだけ探して何もなかったのだ。

ひとまず、いないと考えて良いだろう。それに思い返してみれば、テレサ様のあとに会ったオコーネル皇子も「屋敷の窓から帝城を見上げている」とか言っていた。

あのタイミングで示し合わせて嘘を吐いているとは考えにくいから、弟は帝城ではなく別の場所にいるのだろう。

「窓から帝城を見上げる……帝城を見上げられる場所にいるってことよね。もしかして、キースは帝都にいるのかしら」

帝都なら皇帝の目も届くし、あり得ない話ではない。

帝都のどこかの屋敷に弟は囚われているのではと、そんな風に考えた。

「……悩んでいても仕方ないわ。時間もないことだし、まずは行動しましょう」

ソファから立ち上がる。

帝都は治安も良いと聞くし、少し探るくらいなら平気だろう。

というか、弟の無事を確認したい気持ちが強すぎて、多少の危険も目を瞑ろうと思ってしまう。

キースを見つけるためなのだから仕方ないと、自分を納得させてしまうのだ。

よし、と拳を握る。

町に出る覚悟を固めた私は、まず着ていたカフタンを脱ぎ、帝国風のシンプルなワンピースに着替えた。

町に出るのなら、民族衣装は目立つと思ったからだ。

「ただいま戻りました。あら？　姫様、お出かけですか？」

「あら、ナリッサ」

外出準備をしているとナリッサが帰ってきた。ちょうどいいと彼女に声を掛ける。

「いいタイミングだわ。私、少し散歩してくるわね。ちょっと気分が滅入《めい》ってきちゃって」

「え、そうですか。じゃあ、お茶はあとにしましょうか。お供します」

使命感からついてこようとするナリッサに、申し訳ないと心の中で謝りながら、なんでもない顔をして言った。

「ごめんなさい。行きたい場所は護衛や女官は連れて行けないところにあるの。ウェスティア帝国を刺激するのは本望ではないし、ひとりで行くわね。ほら、目立たない格好にしたし」

「弟を探しに行く」と馬鹿正直に言えるはずもないので、悪いが嘘を吐かせてもらう。

本当は来て欲しいけど無理だから、みたいな感じで告げると、ナリッサも「そうですよね」と頷いてくれた。

「分かりました。できるだけ早く帰ってきてくださいね」

「ええ、もちろんよ」

今だけは、護衛や女官を連れ歩くなと言ってくれた帝国に感謝だなと思いながら部屋を出る。

帝都に出るには、まずは帝城を抜け出さなければならないが、意外と簡単だった。

帝城の入り口は人の往来が激しく、人混みに紛れて外に出るくらいなら造作もなかったからだ。

ひとりひとり出入りする人間を厳しく確認しているのかと思ったが、あり得ないことに兵士がサボっているようで、ほぼスルー状態だった。隣の兵士とおしゃべりをするのに忙しいらしい。

「これがアンティローゼなら許さないところだけど、ここはウェスティア。素直にラッキーだと思うことにしましょう」

帝城を無事抜け出し、安堵から息を吐く。

帝城に来る際に馬車から見た帝都は非常に賑《にぎ》やかだと思ったが、印象通りだった。

大通りは広く、馬車が余裕で行き来できる。

通りには露店が立ち並び、店主が声を上げて客引きをしていた。

皆、栄養状態が良く、笑っている。

いまだ戦争の傷跡から立ち直れていないアンティローゼとは大違いだ。

「比べても意味はないけど……ううん、今はキースを探すのが先決だわ」

なんのために出てきたのかと自分を叱咤《しった》し、早速弟探しに精を出す。

テレサ様とオコーネル皇子の言葉をヒントにできないかと思い出しながら歩いたが、残念ながらそれ以上にヒントになるようなものはなく、闇雲に探すしかなかった。

ウェスティア帝国の貴族が住んでいる場所に弟がいるかもしれないとあたりをつけ、貴族街を中心に歩き回る。

弟は囚われているのだから、普通より兵士が多かったり、物々しい様相だったりするはず。

怪しい屋敷ならひと目見れば気づくのではないかと期待したが、そう上手くはいかなかった。

どこまで行っても普通のお屋敷が続くだけ。

弟がいそうな場所は見つからなかった。

「……今日は駄目ね」

日が落ちてきたことに気づき、肩を落とした。

あまり遅くなると帝城の門が閉まってしまう。それまでに帰らなければならないのだ。

幸いにも帝都は思っていた以上に治安が良く、女性がひとりで歩いたところで変な顔をされるようなことはなかった。

私の他にも貴族らしい女性がひとり歩きしているのを見かけたし、それが当たり前となっているのだろう。

帰るのも簡単だった。出た時と同じように人混みをすり抜ければ終わり。

相変わらず門番の兵士はサボっているようで、他の兵士と談笑していた。私としては有り難い限りだけど、こんないい加減で、いつか事件が起きたりしなければいいなとは思う。

「……帰ったわよ。ごめんなさい、遅くなって」

遅くなったことを詫《わ》びながら己の部屋に入ると、案の定と言おうか、ナリッサが腰に手を当てて怒っていた。

「姫様。ちょっと遅すぎますよ！　心配したんですからね。どちらのお庭まで行っていたんですか！」

「……ごめんなさい。広い庭園を見つけたからそこでぼーっとしていたの。誰もいなくて、ひとりになれたのがすごく気楽だったわ。ほら、やっぱり他国ではなかなか落ち着けないから」

用意しておいた言い訳を告げる。

ナリッサは「その気持ちは分かりますけど」と不満そうにではあるが頷いた。

よほど心配してくれたのだろう。彼女には申し訳ないことをした。

——次は、もう少し早く帰った方がいいわね。

心配させるのは本意ではない。

そう思うのなら危険な真似はやめるべきなのだが、その選択肢は私にはなかった。

だって弟を見つけるのは、オコーネル皇子に嫁ぐことを納得するためにも必要なことだから。

見つけられたらきっと納得できる。

そう思い込んでいたのである。

胸に蔓延《はびこ》る罪悪感を隠してナリッサに告げる。

「いい場所だから、しばらく毎日通うことにしたわ。静かな場所だし心配しなくて大丈夫。ええ、ちゃんと遅くなる前には帰ってくるから」

約束、と笑い掛ける。

私の顔をしばらくじっと見つめていたナリッサだったが、やがて諦めたように肩を落とした。

「姫様がそういう顔をなさる時は何を言っても無駄って知ってます。……危険がないのなら構いませんが、本当に気をつけてくださいね」

「ええ、分かったわ」

許しが出たことにホッとし、笑顔を向ける。

それから更に二日、毎日外へ出て弟を探したが、キースが見つかることはなかった。

◇◇◇

「散歩に行ってくるわ」

ナリッサに告げ、部屋から出る。

もはや日課と化した帝都探索だが、全く成果は出ていなかった。

足が棒になるまで歩いても、それらしき屋敷は見つからない。

闇雲に探しているだけでは意味がないと分かっていたが、新たなヒントもない状態なのだ。

虱潰しに見て回るしかなかった。

「はあ……」

正門まで辿《たど》り着く。いつも通り門番の目を掻い潜《くぐ》って外に出た。

三日も続ければ慣れたもの。

門番の怠慢は相変わらずで、気負う必要すらなかった。

「さて、今日はどこを探そうかしら」

「ねえ」

「っ⁉」

突然後ろから声を掛けられ、驚きのあまり心臓が止まるかと思った。

バッと振り返る。そこにはトラヴィスが立っていた。

民族衣装ではなく帝国風の黒いジュストコールを着ている。もしかしたら今日は会議がないのかもしれなかった。

「ト、トラヴィス⁉　どうしてここに……」

いきなり現れた彼に驚きを隠せないでいると「それを言いたいのはこっちなんだけど」と返ってきた。

「君の姿が見えたから近づいてみれば、なーんかコソコソしているし、挙げ句の果てには思い詰めた顔をして外に出て行くんだもの。さすがに声も掛けるよね」

「……見ていたの？」

「君、隠密《おんみつ》活動には向いてないよ。すごく目立つから」

「……気をつけるわ」

話を聞き、顔を歪めた。

どうやら外に出るところを見られていたようである。

最悪だ。

「で？　どうしてついてきたのよ」

「普通に気になったからだけど。というか、女性がひとりで外に出るなんて危ないよ。どうしてこんな危険な真似をしているの」

「……あなたには関係ないでしょ」

無関係な人に首を突っ込んで欲しくないと思ったが、トラヴィスはさらりと返してきた。

「あるよ。僕は君が好きなんだから」

「ぐ……」

「好きな人が危険な真似をしていたら止めるって、当たり前だと思わない？」

「し、知らないわ、そんなの。……そうよ。少し、気分転換がしたくなっただけ。そういうことってあるでしょ」

「お供も連れずに？」

「……」

痛いところを突かれ、彼から目を逸らす。

ひとりきりでいることを指摘されれば、言い返せることなどなかった。

これ以上追及されたくなくて、誤魔化すように言う。

「……とにかく、ついてこないで。私はひとりになりたいんだから」

「一国の王女がひとりで町を散策なんて感心しないって言ってるんだけどな」

私が歩くとトラヴィスもついてくる。

堪《たま》らず叫んだ。

「ストーカー行為はやめてくれる!?　人を呼ぶわよ」

「それで君がひとりで行くのをやめてくれるのなら、いくらでも呼んでくれていいよ」

「……」

思いの外《ほか》真剣な答えが返ってきて戸惑う。

トラヴィスの目を見れば、絶対に退かないと言っていて、どうしてこんな面倒な男に見つかったのかと舌打ちしたい気分だった。

彼を睨み付ける。トラヴィスが静かに問いかけてきた。

「それで？　人を呼ぶの？　僕は構わないと言ったけど？」

「……呼ばないわよ」

唇を噛みしめた。

勢いで「人を呼ぶ」と言いはしたが、困るのは彼ではなく私なのだ。

なんでこんなことにと拳を握る。鼻筋に皺《しわ》を寄せているとトラヴィスが言った。

「……分かったよ。何か人に言えない事情があるんだね？　それならもう仕方ない。護衛代わりでいいから僕を連れて行ってよ。誰にも言いつけたりしないから」

「え……」

ハッとし、トラヴィスを見る。彼は髪を掻き上げ、顰め面をした。

「このままひとりで行かせる方が心配なんだよ。それにこう見えて、それなりに腕は立つんだ。何かあっても守ってあげられる」

「……でも」

「君を守りたいんだ。お願いだから頷いて」

「……」

真摯な目で見つめられ、動揺した。見つめられていることに耐えきれず、渋々ではあるが頷く。

「わ、分かったわよ……」

とはいえ、弟探しに付き合わせるわけにはいかない。

弟について話すのはウェスティア帝国から禁じられているのだ。他国の人になんて輪を掛けて言えるはずがなかった。

――仕方ないわ。今日は適当に町をぶらつくだけにしましょう。

ちょっと気分転換しているだけですとアピールするのだ。

一日潰れてしまうのは痛いけど、目的を知られたり、人に話されたりするよりはマシなはず。

「ついてくるのは構わない。でも、本当に誰にも言わないでよ」

「言わないよ。僕の信じる神に誓って」

「……いいわ」

祖国の神に誓うと言うトラヴィスを見つめる。

誓いとは関係なく、彼が嘘を吐くとは思わなかった。

言わないと彼が言うのなら黙っていてくれる。そう信じられるのは、オコーネル皇子から助けてくれたからかもしれない。

あの事件から、無意識に彼に信頼を寄せている可能性はあった。

「行きましょう」

トラヴィスを連れ、歩き出す。

今日は帝都の中でもあまり栄えていない地区を調べてみようと考えていたが、予定変更だ。

気分転換していると思わせる必要があるのだから、出店が多い大通り辺りへ出向こうと思う。

そちらへ向かうと、トラヴィスが楽しげに言った。

「ウェスティア帝国の帝都って、いつ来ても活気があるよね」

隣に並び、興味深げに周囲を見回している。

その言葉に反応した。

「いつ来てもって、何度か来たことがあるの？」

「うん。ウェスティア帝国に来るのはこれが初めてではないからね。視察も兼ねて、帝都も歩いているよ」

「そうなの……」

「君は今回が初めて？」

「……ええ」

一瞬、なんと答えようか迷ったが、嘘を吐いても意味がないと思い、正直に告げた。

「初めてよ。だから見るもの全てが物珍しくて、気分転換になるわ」

「確かに人々の顔も明るいし、楽しい気分になれるね。でもサルーンも負けてはいないよ。きっと見れば驚くと思う」

「へえ」

あまり興味はなかったが、一応相槌《あいづち》を打つ。

サルーン王国は平和主義だが、強国だとも知られているので戦争に巻き込まれることがほぼないのだ。

王都が発展しているというのも頷ける。

「いいわね。アンティローゼも早くそうなれるといいのだけれど」

話しながら大通り沿いを歩いて行く。

トラヴィスとは話しやすく、話題を無理に探す必要がないのが有り難い。

彼は空気を読める人のようで、差し障りのない話題を振ってくるのが上手いのだ。

更にこちらの反応を見て、話を膨らませることもできる。

簡単なようだが、誰にでもやれることではない。

――そういえばこの間見た時も、しっかり主導権を握ってたわね……。

四カ国会議のメンバーで歩いていた時のことを思い出す。

今とは違って厳しい顔をしていた。

誰が見ても有能な王子そのものの態度で場を仕切っていた。

あれもトラヴィスの持つ顔のひとつなのだろう。

たぶん、私に見せることはないのだろうけど。

「どうしたの？」

「え、ううん。なんでもないわ」

少し前にあったことを思い出していると、怪訝な顔をしたトラヴィスに声を掛けられた。

急いで首を横に振る。

「ちょっと色々思い出していただけだから」

「ふうん。思い出したって、なんのこと？　まさかとは思うけど男じゃないだろうね？」

「……どうして嫉妬されないといけないのよ」

あからさまに嫌そうな顔をされ、溜息を吐いた。

「私とあなたの間にはなんの関係性も芽生えていないいんだから、嫉妬とかやめてくれる？」

「関係性ならあるよ。僕は君に求婚してる」

「その話、とっくに終わったと思っていたのだけれど」

「まさか。君が頷くまで続く予定だよ」

爽やかに返され、がっくり肩を落とした。

頼むから粘着な話を爽やかに言わないで欲しい。

「あのねえ」

溜息を吐きつつ、彼を見る。

私の反応が楽しかったのか、トラヴィスは機嫌良さげに笑っていた。その様子は、四カ国会議のメンバーと話していた時とまるで違う。

子供のようだ。

——でも彼って、皇帝と対等にやり合えるのよね。そりゃあ、オコーネル皇子なんて歯牙にも掛けない、か。

私を助けてくれた時のことを連鎖的に思い出した。

あの時トラヴィスは、オコーネル皇子を簡単にやり込めていたが、皇帝とやり合える人なのだからそれも当然……と思ったところで、まだ自分が助けられたことについてお礼を言えていないことに気がついた。

——あ。

オコーネル皇子に連れて行かれそうになった時のこと。助けてもらったくせに、八つ当たりをしたこと。

私の態度は褒められたものではなく、次の機会があれば謝ろうと思っていた。

そしてその機会が訪れることはないと思い込んでいたのだけれど。

「……」

チラリとトラヴィスを見る。

謝るのなら今が絶好の機会ではないだろうか。

幸いにもトラヴィスに前回のことを引き摺っている様子は見えない。私に対する態度もいつも通りだ。

彼があの時のことを気にしていないのは明白で、でもだからといってスルーしたままは駄目だと思う。

失礼なことをした自覚があるのなら、謝らなければならない。

だってあれはどう考えても私が悪かったから。

「……トラヴィス」

「うん？」

トラヴィスに声を掛ける。

彼がこちらを向いたタイミングで勢いよく頭を下げた。

「今更だけどこの間はごめんなさい。助けてもらったのに酷いことを言ったわ」

「……ルル？」

「あの時の私の態度は褒められたものではなかったわ。完全な八つ当たり。一国の王女として恥じ入るばかりよ」

頭を下げた私をトラヴィスがポカンと見つめる。だけどすぐに微笑み私に言った。

「いいよ。大丈夫。気にしてない」

「でも……」

「本当に気にしてないから。ただ、迷惑になっていなかったのならよかったと思うよ」

「迷惑だなんて。その、本当はすごく助かったの。……怖かったから」

ありがとう、と小さく告げると、彼は「それならよかった」と告げた。

「余計なことをしたかなと少し気になっていたんだ」

「いいえ。とても、助かったわ」

「そう」

ふわりと笑う。

そしてこの話は終わりだとばかりに、別のことを話し出した。その潔い態度に驚く。

トラヴィスは気を遣ってくれたのだ。優しい気遣いに心の中が温かくなるのが分かる。

——トラヴィスって思っていたよりいい人なのね。

最初は軽薄で信用ならないという印象だったけど、そんなことはなかった。

助けてくれたし、こうやって気遣うことだってしてくれる。

相変わらず言葉は甘いけど、それはそういう人だからと思えるようになった。

彼は決して軽い気持ちで言っているわけではない。

トラヴィスなりに真剣で、心のままを言葉にしているだけ。

それがなんとなく分かるようになった。

トラヴィスに対する評価をこっそり上方修正していると、彼が思い出したように告げた。

「そういえばさ、僕、昨日から筋トレを始めたんだよね」

「筋トレ？　運動はいいことだと思うけど、またどうしていきなり？」

そしてどうして私に報告するのか。

不思議に思い首を傾げると、彼は真顔で人差し指を立てた。

「うん。ほら、君が筋肉質な男性が好きだって言ったじゃないか。だからその、頑張ろうかなと思って」

「あら」

まじまじとトラヴィスを見る。照れたのか、彼はさっと俯いた。耳が少し赤い。

「君に……少しでも好いてもらいたくてさ。わりと必死なんだ」

なんだか聞いているこちらまで恥ずかしくなってきた。

誤魔化すように言う。

「……そ、そうね。三日坊主にならなければいいわね。ちなみに私が好きなのはマクリエ殿下みたいな筋肉だけど、まさか、ああなろうとしているの？」

「もちろん」

「え」

元気よく返ってきた答えに目を丸くする。

うっかりトラヴィスがマクリエ王子のような体つきになったところを想像してしまった。

マクリエ王子は濃い顔立ちで筋肉も似合うが、なんだろう、トラヴィスにあの筋肉がつくと考えると、どうにも不似合いで笑えてくる。

「ふ、ふふっ」

「あ、どうして笑うの」

「い、いいえ。あまりにも似合わなくて」

ムキッとしたトラヴィスとか、違和感がありすぎる。

しつこく笑っていると、トラヴィスが文句を言ってきた。

「ねえ⁉　君の好みに合わせようと頑張ってる僕に、それは酷いんじゃない⁉」

カッと目を見開き訴えてくるトラヴィスに「ごめんなさい」と告げる。

確かに真剣に頑張っている人を笑うのはいけないことだ。

でも、トラヴィスの顔にあの筋肉……。

「ひっ……ふふふふっ」

駄目だ。やっぱり想像したら面白い。

肩を揺らして笑う私を、トラヴィスがムッとした顔で見てくる。

「ちょっと」

「わ、分かってる」

必死に頷く。

笑いをおさめようと思えば思うほど、余計に笑えてくるのが困った。

「ルル？」

「べ、別にあなたを笑っているつもりはないのよ。で、でも、どうしたって想像すると……」

「似合わないのは分かるけど、褒められたい君に笑われるとやる気をなくすなあ」

眉を寄せ、溜息を吐くトラヴィスに「頑張って」と告げる。

笑ったことを申し訳ないと思ったからの言葉だったのだが、トラヴィスはやる気になったようだ。

「君が頑張れと言ってくれるのなら頑張るよ」

「はいはい」

適当に相槌を打つ。話しながら大通りから外れた。

そろそろ休憩しようと思ったのだ。カフェに入ろうとしたものの、大通り沿いの店はどこも埋まっていて行列ができていた。

中道に入れば、空《す》いているカフェもあるのではないだろうか。

そう考えたのだけれど——。

「あら……？」

お店があると思ったのに、閑静な住宅街に出てしまった。

戸惑いの声を出す私にトラヴィスが声を掛けてくる。

「どうしたの？　この辺りに何か用事？」

「いえ、空いているカフェを探したかっただけなのだけど……」

「住宅街に出てしまって困惑してたんだね。それなら元の道に戻ろうか。通りの向こう側に行けば座れるカフェがあると思うし」

「そう、ね……」

トラヴィスの言葉に頷く。なんとなく気になり、周囲を見回した。

この辺りは店があると思い込んでいたので、今まで全く探していなかったのだ。

初めての場所。

静かな住宅街が広がっている。屋敷が立ち並んでいるが、どの屋敷も貴族の邸宅くらいの大きさがあった。

裕福な平民が住んでいるのだろうか。

「……あ」

一軒の屋敷に目が行った。

他の屋敷と同じような造り。だが、やけに警備が厳重だ。

普通の屋敷に置くとは思えない数の兵士が屋敷を守るように取り囲んでいる。

それに兵士たちはよく見れば私兵ではなかった。

帝城で見たのと同じ格好をしている。つまり、帝国兵なのだ。

「……ここだけ皇帝の私有地なの？」

言いながら、さすがにないなと思う。

だってなんの変哲もない普通の邸宅なのだ。

わざわざ皇帝の兵士がいる必要性を感じない。

だが帝国兵は厳しい表情で立っている。まるで重大な任務を与えられたかのような顔で、武器を持って警戒態勢を崩さないのだ。

普通におかしいし、なんだか胸がざわついた。

――もしかして、ここが当たりだったりする？

弟が、キースが閉じ込められている場所。それを突き止めたかもしれないと思うと、心臓がバクバクと音を立て始める。

「……」

トラヴィスがいることを考えれば、後日、出直すのが正解だと分かっている。

だって弟のことは誰にも言えない。

でも、ようやくそれらしきものを見つけることができたのだ。ここで背を向けることはどうしたってできなかった。

ひと目だけでいい。弟がいるのだと確信できる何かが欲しくて、その一心で屋敷にそろそろと近づいた。
「ルル？」
トラヴィスが不審げに声を掛けてきたが、返事をする余裕なんてあるはずがない。
警備をしている帝国兵に見つからないようにしながら、屋敷を窺った。
よくある二階建ての屋敷だ。
二階の窓の側には人影がある。
――誰？　誰かいるの？
もしいるのなら、姿を見せて欲しい。
その思いが通じたのだろうか。じっと見ていると、カタカタと音がし、窓が開いた。
「あっ……」
窓を開けた人物を穴が空くほど見つめる。
私と同じ、金髪。そして青い瞳の少年が空を見上げていた。
「あ、あああっ……」
声を震わせ、口元を両手で押さえる。
――キースだ。
間違いない。私の弟。
遠目に見ただけだし、七年ぶり。それでも私は彼が弟だと確信できた。
がくがくと身体が震える。

まさかこんなところで弟を発見できるとは思わなくて、そして見てしまえば、どうしても直接会いたくなってしまった。

本能のまま屋敷へ向かって走る。

——キース、キース！　今、行くわ！

弟に会いたい。心の中はその気持ちだけで埋め尽くされていて、他のことを考える余裕なんてどこにもなかった。

帝国兵が門扉を守る屋敷へ突撃する私をトラヴィスが慌てて止める。

「ルル！　駄目だよ！」

「離して」

「あの屋敷に入りたいのは分かったけど、君だって分かるだろう？　帝国兵が厳重な警戒をしてる。行ったところで中に入れてはもらえないよ」

「……」

グッと唇を引き結ぶ。

トラヴィスの言うことは正論だ。

いつもの私なら彼の言うことに「その通りね」と答えられただろう。だが、七年ぶりに弟を見た直後で完全に舞い上がっていた私は止まれなかった。

「嫌、駄目。離して。私は行くの。だって私、どうしてもあの子と……」

勝手に涙声になっていく。

分かっている。分かっているのだ。

弟に会いたいと言ったところで無理だということは。

でも諦めたくない。

だって少し頑張れば行ける場所に弟がいた。

言葉を交わせるかもしれない距離に弟がいるのだ。

「嫌……嫌なの……」

「ルル……」

「あの子と会わせてよ……」

「っ！」

トラヴィスが堪らずという風に私を引き寄せ、抱きしめる。

私は彼の胸を拳で何度も叩き「会いたい」と訴えた。

涙が彼の黒い上着に染み込んでいく。トラヴィスは私を宥《なだ》めていたが、やがて何を思ったのか真剣な顔をして顔を覗《のぞ》き込んできた。

「……君が言うあの子っていうのは、さっきチラリと見えた子のこと？」

「……」

黙って頷く。

トラヴィスは少し考えるような素振りを見せたあと、的外れなことを言い出した。

「一応聞くけど彼、まさか君の好きな人とかじゃないよね？」

「は？　違うわ、そんなのじゃない。あの子は……あの子は……」

弟だと言えないのがもどかしい。

必死に首を横に振る。

「違う、でも会いたい」と何度も繰り返していると、トラヴィスが大きく息を吐いた。

「……分かった。いいよ、僕が会わせてあげる」

「え」

反射的に顔を上げる。

彼はなんとも言えない顔で私を見ていたが、すぐに気持ちを切り替えたようで落ち着いた声で言った。

「なんとかするよ」

「なんとかするって……」

どうするというのだろう。

トラヴィスの言う通り警備は厳重で、私たちが会わせてと言ったところで聞いてもらえるはずもない。

私だって無理なものは無理だということくらい分かっているのだ。

それでも「行かなければ」という強迫観念にも似た何かに突き動かされていただけ。

こうして時間を置けば、多少は冷静にもなれる。

「……無理でしょ」

諦めを滲ませ、首を左右に振る。そんな私に彼は目をキラリと光らせた。

「無理じゃないよ」

「でも……」

「大丈夫。――僕を信じて」

「っ！」

その言葉にハッとした。

トラヴィスが自信に満ち溢れた顔でこちらを見ている。

彼の目は真っ直ぐで揺るぎなく、託してもいいのではという気持ちにさせられる。

「……いいわ」

「ありがとう。じゃあそうだね。侵入は裏口からにしようか」

トラヴィスが私の手を引き、屋敷の裏口と見られる場所へ連れて行く。

残念なことに裏口にも帝国兵はいて、中に入るのは厳しそうだった。

兵士たちに見つからない場所に隠れながら、トラヴィスに聞く。

「どうするつもり？」

「まあ、見ててよ。意外と簡単だから」

トラヴィスが足下に転がっていた石を拾う。

大きさを確かめ、キースが出てきたのとは別の窓に向かって、勢いよく投げた。

「えいっ」

「はっ……？」

ガッシャーンという派手な音がして、窓が割れた。

突然の出来事に、警備に当たっていた帝国兵たちが一斉にそちらを見る。

「な、なんだ!?」

「いきなり窓が割れたぞ？」

皆の注意が完全に窓へ向いている。それを確認し、トラヴィスが言った。

「よし、今だ。走って」

「え、ええっ!?」

彼に手を引かれ、裏口を走り抜ける。

完全に不意を突いた形だ。皆が二階を見上げている間に、まんまと屋敷の中へ侵入することに成功した。

「……嘘でしょ」

まさかこんなにあっさりと中に入れるとは思わなかったので驚いた。

驚愕しながらトラヴィスを見つめる。

彼は素早く階段の隅に隠れると、大きく息を吐き出した。

「屋敷の中は、外ほど警備が厳重ってわけじゃないみたいだね。これなら問題なく二階へ行けるかな」

「で、でも……二階にも人が大勢いるんじゃないの？」

特に今はトラヴィスが投げた石を確認しているはずだ。

そう告げると彼は笑って言った。

「うん。でもすぐに出てくるよ。石が外から投げ込まれたものだというのは見れば分かるからね。犯人を捕らえるために、兵士たちは外へ行く」

「……」

「帝国を馬鹿にされたと捉えるだろうからね。なんとしても犯人を見つけるぞってなるんだよ」

「……そんなに上手くいくかしら」

「いくよ。ウェスティア帝国の帝国兵って皆馬鹿みたいにプライドが高いんだから。放っておけるはずがない」

トラヴィスは自信ありげだったが、私は不安でいっぱいだった。

すぐに見つかってしまうのでは。そんな風に思ったが、全ては彼の言った通りに進んだ。

しばらくすると大勢の兵士たちが二階から降りてきたのだ。

皆、怒りの形相で「犯人を捕らえろ」「悪戯だとしても許すものか。帝国に反意ある者を生かしてはおけない」と叫んでいる。

皆が外に出て行き、屋敷の中が静まり返る。どうやら屋敷内にいた全員が出て行ったようだ。

トラヴィスが少し身を乗り出し、確認してから手招きする。

「今のうちに二階に上がろう。時間がない。急いで」

「え、ええ」

身を屈《かが》めながら二階に向かう。

小声で彼に言った。

「すごいわね。あなたの言う通りになったわ」

「単純なんだよ。普通なら何人か兵士を残しておくものなんだけど、皆行っちゃっただろう？　たぶん、数は多いけど下っ端の兵ばかりなんだと思う。指揮官がいないんだ」

肩を竦め、トラヴィスが言う。

「僕なら絶対に指揮官を最低ひとりは置くけどな。ま、ウェスティア帝国が何を考えているのかは分からないけどね。ほら、さっき見えた人物がいるのはあの部屋だよ」

「あ……」

二階に上がったトラヴィスが、少し先に見える扉を指さす。

彼を見ると、頷かれた。

「いいよ。行っておいで。僕はこの辺りで見張りをしているから」

「え……」

「どうしても会いたかったんでしょ。ほら」

「え、ええ」

背中を押され、躊躇《ためら》いながらも一歩踏み出した。振り返ると、トラヴィスが笑顔で手を振っている。

行ってらっしゃいとその口が動き、私は首を縦に振った。

「……ありがとう」

どうしてひとりで行かせてくれたのか。気にはなるが、今は深く考えない。

彼をその場に残し、教えてもらった扉の前に行く。鍵がかかっているかと思ったが、意外にもそんなことはなかった。

ノブを回せば、扉は音を立てて開く。

「あ……」

「誰？　僕に何か用なの？」

扉の開く音に気づいたのだろう。

どこか不安そうな声が響いた。

「……あ」

私に気づいた少年をじっと見つめる。

最後に見た小さな子供の頃とは違い、しっかり育った姿を見て、涙ぐみそうになった。

「あ……ああ……」

思わず手で口元を押さえる。

涙が込み上げてくる。

懐かしい、と思った。

私と同じ色合いの髪と瞳を持つ、今は亡き母の面影が残る少年を凝視する。

着ているのは、帝国風の服装だ。黒い上衣に同じく黒のパンツ。

中にベストを着て、クラヴァットを巻いている。

身体も清潔で、栄養状態が悪いということもなさそうだ。

綺麗に成長しているのを見て、ホッとする。

帝国は弟を粗末に扱ったりはしなかったようで、本当によかったと心から思えた。

「キース……」

弟の名を呼ぶ。彼が弟であることを私は全く疑っていなかった。

だって分かる。七年離れていたって間違えるものか。彼が弟だと本能が叫んでいるのだから。

「……姉……上？」

そしてそれは弟も同じようで、ハッとしたように私を呼んだ。

その声に堪らなくなる。涙は滂沱《ぼうだ》として溢れ、嗚咽《おえつ》が込み上げる。

その場に膝を突いた。弟が駆け寄ってくる。

「姉上、姉上！　どうしてここに……」

彼も膝を突く。至近距離で弟の顔を見た私は手を伸ばした。

弟を抱きしめ、ただ泣いた。

「キース……キース、よく無事で……」

弟が五体満足で健康に成長している姿を見て、張り詰めていた緊張の糸が切れたのだ。

だってずっと不安だった。

弟が拷問を受けていたらどうしよう。

満足に食事を取れていなかったらどうしよう。

心配で堪らないから皇帝に「弟はどうですか」と聞くのに、碌《ろく》な答えが返ってこない。

ただ「元気だ」というだけでは不安は募るばかりで、本当に姿を見るまで怖かったのだ。

「姉上……姉上……」

キースも私を抱き返し、もらい泣きを始めた。

いつまでもふたりこうやって抱き合っていたいところだが、今のこの時間はトラヴィスにもらったもの。いつ帝国兵が戻ってくるかも分からない状況だ。

私は手の甲で涙を拭うと立ち上がり、キースに言った。

「ここに来られたのは、サルーンの王太子に協力していただいたから。私、どうしてもあなたに会いたくて」

トラヴィスのことを告げると、弟はポカンとした顔をした。

「サルーン王国の王太子……トラヴィス殿下だね。でも、どうしてその方が姉上に？」

「……偶然行きあったのよ。詳しい事情はお話ししていない……というか、聞かないでくれたわ。それよりキース、私と一緒に行きましょう。今なら帝国兵もいないから」

話したいことはいくらでもあるが、残念ながら時間がなかった。

そして弟を見つけてしまえば、じゃあさようならと言って置いて行くことなんてできるはずがない。

この囚われの状態から弟を助け出したい。その一心で告げる。だが、キースは首を横に振った。

「駄目だよ、姉上。僕は行けない」

「……え」

予想外の言葉に唖然とする。弟が窘めるように私に言った。

「姉上が会いに来てくれたことは本当に嬉しい。でも、なんとなく分かる。許可をもらって来たわけじゃないんだよね？」

「それは……」

言葉に詰まる。弟は小さく笑った。

「分かってる。帝国が僕を姉上に会わせてくれるはずがないから。でも、だからこそ行けないんだ。僕が姉上と行けば、間違いなく帝国から反意ありと見なされる」

「……」

「僕を連れ出したのが誰かなんて、調べればすぐに分かるよ。そもそも僕のことを知っている人自体、殆どいないんだから」

「そう、ね」

弟の言うことは的確すぎて、何一つ言い返せない。

弟が私の手を握り、気持ちを伝えてくる。

「七年ぶりに会えて嬉しかったよ。でも、僕は行けない。アンティローゼが不利になるような真似をするわけにはいかないから」

「キース」

「囚われの身でも僕はアンティローゼの王太子なんだ。自分勝手なことはできないよ」

「……」

そう言われてしまえば、私に返せる言葉はない。

黙り込んでいると、廊下からトラヴィスの焦った声が聞こえてきた。

「ルル！　急いで！　帝国兵たちが戻ってくる！」

「っ！」

「姉上！　ほら、早く行って！」

弟が背中を押す。

私は唇を噛みしめ、断腸の思いで頷いた。

このままでは帝国兵に見つかってしまう。キースを連れ戻すどころか、事情を知らず助けてくれたトラヴィスまで危険に晒《さら》すことになる。

それは絶対に避けねばならないことだった。

「……分かったわ。でも、また必ず会えるわよね」

「当たり前だよ」

「……ええ」

力強い返事を聞き、これ以上は望めないと己を納得させる。

振り返りたい気持ちを抑え込み、急いで部屋を出た。

「ルル！　こっち！」

焦りの表情を浮かべながら私を待っていたトラヴィスが、手招きしてくる。

その様子から、彼が私を思ってギリギリまで話をさせてくれたのだと気づいてしまった。

事情も分からないのにできるだけ時間を取ってくれたのだろう。

本当に有り難かったし、これ以上迷惑は掛けられない。

「遅くなったわ。ごめんなさい」

短く告げ、トラヴィスの指示を仰ぐ。

帝国兵が戻ってくるまでに屋敷の中を調べていたのだろう。トラヴィスの案内は的確で、彼らに見つかることなく外に出ることができた。

それでも間一髪だ。

帝国兵たちが「半分の兵は屋敷に残して、あとの半分は外を調べよう」なんて言っているのが聞こえ、心胆を寒からしめられた。

「さ、今のうちに離れてしまおう」

「……そうね」

トラヴィスに従い、屋敷を後にする。

後ろ髪を引かれる思いではあったが、なんとか気持ちを断ち切り、屋敷から離れた。

大通りまで戻ると、安堵からか身体から力が抜ける。

「……はあっ」

「うん。ここまで来れば大丈夫。君の姿も見られていないし、追われることはないと思うよ」

「……ええ」

周囲の様子を窺っていたトラヴィスが太鼓判を押してくれる。

彼の言葉には力があって、きっとそうなのだろうと信用することができた。

——最初は軽薄で信用できないって思っていたのに。

今ではすっかり彼に信頼を置いているのだから、分からないものだ。

確かに言葉は甘いが、それだけで「信用ならない」と判断していた過去の自分が恥ずかしい。

「疲れただろうし、お茶でもしていきたいところだけど、そろそろ戻らないとまずいからね。行こうか」

トラヴィスが優しく声を掛けてくる。

私は気づかなかったが、いつの間にか夕方に差し掛かろうという時間になっていた。

これ以上道草をすれば、閉門時間に間に合わなくなってしまう。

素直に頷き、帝城に向かって歩き出す。

幸いにも閉門までに帰ることができ、胸を撫で下ろした。

トラヴィスに部屋の前まで送ってもらう。

「じゃあ」と言う彼を引き留めた。

「あの……今日はありがとう」

きちんとお礼を言っていなかったと気づいたのだ。

私の言葉にトラヴィスが微笑む。

「君の役に立てたのならよかったよ。今日は疲れただろうからゆっくり休んで」

そう言い、私から背を向ける。

私は慌てて彼に言った。

「あ、あの……彼のこと、なんだけど」

屋敷でも帰り道でも、トラヴィスは弟のことを何も聞かなかった。

あれだけ無茶な協力をさせられたのだ。何かしら聞かれても仕方ないと思っていたのに、結局彼は一言も尋ねてこなかった。

それがどうしても不思議で声を掛けてしまったのだ。

振り返った彼に小さく尋ねる。

「……聞かないの？」

「言いたくないんだろう？　君の態度を見ればそれは分かるし、無理強いするほど野暮でもないよ。ただいつか、話せる時が来れば話して欲しいなとは思うけど。気にならないわけじゃないからね」

「っ……」

優しい笑顔と言葉に、ドクンと心臓が音を立てて跳ねた。

顔が勝手に熱くなっていく。

どうしたのだろう、私は。

どうして、トラヴィスの言葉に胸をときめかせているのだろう。

自分のことなのに、どうしてこんなことになっているのか分からない。

そんな私をトラヴィスは何故か呆然とした顔で見つめてくる。

「……ルルのそんな笑顔、初めて見た。……可愛い」

「えっ……」

言われた言葉に驚き、頬に手を当てる。どうやら無意識に笑っていたようだ。

トラヴィスは目を大きく見開き、私を凝視している。

「君ってそんな可愛い顔で笑ったりするんだ。……どうしよう。吃驚した。……え、破壊力抜群なんだけど」

「え、え、え？」

笑った自覚なんてなかったので、トラヴィスに言われても分からない。

ただトラヴィスは真っ赤になっていて、それを見た私まで恥ずかしくなってきた。

「ちょ、見ないで……」

「可愛い。本当に可愛い」

顔を背けるも、賞賛の言葉は止《や》まない。チラリとトラヴィスの顔が見えたが、彼は愛おしげに私を見ていて、余計に恥ずかしくなった。

いい加減、羞恥の限界だ。我慢できなくなった私は叫ぶように言った。

「し、しつこいわよ！　と、とにかく今日はありがとう!!」

急いで扉を開け、逃げるように中へと入る。扉を閉めてホッとしたが、心臓はバクバクと激しく脈打っていた。

「……姫様？　お帰りになったのですか？」

「……ナリッサ」

迎えに出てきたのはナリッサだった。彼女は私を見ると不思議そうに首を傾げる。

「どうされましたか？　お顔が真っ赤ですけど」

「っ……！　な、なんでもないわ！」

第三者から指摘され、更に恥ずかしくなった。腕で顔を隠す。

ナリッサが「そういえば」と言った。

「声が少し聞こえていましたけど、今日はどなたかとご一緒だったんですか？　遅いので心配していたのですけど、おひとりでなかったのならよかったです」

「……トラヴィス殿下とご一緒させていただいたのよ」

言うかどうか迷ったが、ナリッサが本当に心配している様子だったので、名前を出した。

ナリッサがキラリと目を輝かせる。

「トラヴィス殿下！　あのイケメンで、姫様にプロポーズしてきた方ですね！　え、どうしたんです？　その気はないなんて言ってましたけど、やっぱり求婚を受けることにしたんですか？」

「ち、違うわよ」

慌てて手を振って否定するもナリッサはニヤニヤ顔だ。

「えー、でもお顔が真っ赤なのってそういうことなのでは？　姫様にもようやく春が来たんですね。おめでとうございます」

「だから違うんだってば！」

しっかり勘違いした様子のナリッサに強く告げる。

「前にも言ったでしょ！　トラヴィス殿下は好みと全然違うって！　それでどうして彼を好きになるなんて思うのよ！」

「えー……でも確かに。姫様、甘い台詞を言う男は苦手でしたね。んー、やっぱり駄目かあ」

「……ま、まあ？　トラヴィス殿下は、中身のない甘々男とは違うみたいだけど。信頼に足る方だし、そこは勘違いしていた私が悪かったと思うわ」

きちんと訂正を入れる。

トラヴィスは単なる甘い口説き文句を言うだけの男ではないのだ。優しいし、聞いて欲しくないことを無理に聞き出したりしないし、すごく頼りになる。

そこらにいる薄っぺらな男たちと一緒にしては失礼だ。

——そう、そうよ。

『僕を信じて』と告げた彼の顔を思い出す。

同時に先ほど、無理強いはしないと告げた彼の表情も。

「……」

思い出せば思い出すほど、恥ずかしい気持ちが込み上げてきた。

ついでに笑った顔を「可愛い」と言われたことも思い出せば、また顔が熱くなってくる。

——な、なんで……。

困惑する私を何故かナリッサが興味津々という顔で見つめてくる。

「へえ……」

「な、何よ」

「いえ、なんでもありません。こういうのって本人が自覚しないと意味がありませんから。でも、俄然、楽しくなってきましたね。私、応援しますよ！」

目を輝かせながら親指を立てるナリッサに脱力する。

応援されたところで、私がトラヴィスとどうにかなる可能性はないのだ。

私の未来は決まっている。

「……」

——王族なんて碌なものじゃない。

生まれて初めて、本気でそう思った。

第五章　婚約発表

キースと七年ぶりの再会を果たした次の日の午前、私は暇を持てあましていた。

目的を達成したこともあり、ある意味燃え尽き症候群的な感じになっていたのかもしれない。

弟が健やかに育っているのを目の当たりにできたことでオコーネル皇子との結婚についても「もういい」と諦めることができた。

私が素直に嫁げば弟は帰ってくる。そう思えるようになったのである。

「あとはお父様が話を纏めるのを待つだけ。大丈夫。キースが戻ってくるのなら、私が嫁ぐことは無駄にはならない」

ソファにもたれかかり、ぼんやりと天井を見つめる。

全て終わったという思いでいっぱいだった。

「あら、姫様。トラヴィス殿下がいらっしゃいますよ」

「え」

ぼうっとしていると、窓から中庭を眺めていたナリッサがはしゃいだ声を上げた。

言われるままに立ち上がり、窓の側へ行く。

中庭を見ると、確かにそこにはトラヴィスがいて、のんびりと散策を楽しんでいた。

「あ」

トラヴィスが顔を上げこちらを見る。

何故か、偶然目が合った。

トラヴィスが嬉しげに微笑み、私に向かって手を振る。

ナリッサが「きゃあ」と黄色い声を上げた。私の肩をだんだんと叩く。

「姫様！　ほら、振り返して差し上げないと！」

「……必要ないでしょ」

「ありますって。それに昨日、一緒にいたっておっしゃっていたじゃないですか。無視するのもどうかと思いますよ！」

「それは……」

確かにその通りかもしれない。

どうするのが正解かと思っていると、ナリッサがまた華やいだ声を出した。

トラヴィスの方を指さす。

「あっ、ほら！　姫様！　トラヴィス殿下が手招きしていらっしゃいますよ！　あれ、おいでって言ってます‼」

「いや、おいでって言われても」

困ると思ったが、ナリッサは目を輝かせ、私に言った。

「どうせお暇なのでしょう？　せっかくですから行ってこられたらどうです？　そして私に見せてくださいよ！　美男美女が花に囲まれているところを！　ウェスティア帝国に来てからというもの、心を潤すものが何もなくてつまらないんです。おふたりが並んでいるところを見るだけでも心が沸き立つと思うんですよね！　ですから是非！」

鼻息荒く訴えるナリッサには悪いが、気は進まない。私は首を緩く横に振った。

「嫌よ。大体、私を使って心を潤そうとしないで欲しいわね」

「いいじゃないですか！　行ってらっしゃいませ‼」

「えええええ……」

何故か、部屋から追い出されてしまった。

全くそんな気はなかったのにどうしよう。

すぐさま部屋に戻りたい気持ちに駆られたが、この感じだとナリッサに拒絶されそうだ。

挨拶くらいはしに行かないと、部屋に入れてもらえないかもしれない。

「どちらが主人か分かったものじゃないわね。……でも、確かに昨日はすごくお世話になったもの。もう一度お礼を言うくらいはした方がいいのかも」

事情も知らないのに、私を助けてくれたことを思い出す。

お礼は昨日言ったが一度の「ありがとう」で済ますには申し訳ないくらいの恩を受けたと自覚していた。

危険を承知で帝国兵のいる屋敷に忍び込み、キースのいるところまで案内してくれたのだ。

その恩は簡単に返しきれるものではなく、ここで彼を無視するのは助けてくれた人に対し、あまりにも失礼なのではと思い直した。

「……仕方ないわね」

恩を仇《あだ》で返すような真似はしたくないので、中庭に向かう。

一階に降りて中庭に出ると、トラヴィスが待っていた。

パァッと顔を輝かせる。

「ルル、来てくれたんだね！」

「あなたが手招きしたんじゃない」

「駄目元ってやつだよ。でも嬉しいな。昨日に引き続き、今日も君と会えたんだから」

綺麗に笑うトラヴィスを見つめる。

なんだろう。顔を見ただけなのに、ちょっと嬉しい気持ちになってきた。

心が浮き立つというか……。

——なんなの、これ。

今まで経験のないことなので戸惑いを隠せない。

どういうことかと困惑している私にトラヴィスが話し掛けてきた。

「よかったら僕の部屋でお茶でもしない？　今日は会議もなくて暇なんだよね。付き合ってくれると嬉しいんだけど」

「えっ……」

――お茶？　トラヴィスの部屋で？

眉が自然と中央に寄った。

さすがにそれはまずいと思ったからだ。

だって私は近々ウェスティア帝国皇太子に嫁ぐ身。まだ正式決定したわけではないが、ほぼ決まっていることは分かっている。そんな私が、サルーン王国の王太子の部屋でお茶などすれば、ウェスティア帝国を刺激することは間違いなかった。

「……ごめんなさい。あなたの部屋でというのは難しいわ」

昨日世話になったこともあり、お茶くらい付き合ってもよかったが、ウェスティア帝国に睨まれるような真似はやめておきたい。

そう思って断ると、トラヴィスは「じゃあ」と代替案を出してきた。

「僕の部屋でというのが難しいのなら、君の部屋でもいいよ。なんなら外に出る？　昨日カフェでお茶をし損ねたこともあるしさ。昼食にちょうどいい時間だからご飯を食べに行くというのも悪くないと思うんだけど」

「……そうね。外、なら」

少し考え、頷いた。

私の部屋というのもまずいが、外ならそこまで帝国の目も光ってないだろうし、大丈夫だろう。

そこまでしなくとも断れば済んだ話ではあるのだけれど、なんとなく断りたくなかった。

トラヴィスともう少し一緒に過ごしたい。そんな風に思ってしまったのである。

外で食べるという提案に合意すると、トラヴィスがパアッと表情を明るくした。

「えっ、いいの。嬉しいな」

「……考えてみれば、一度も帝都のカフェに入っていなかったから。せっかくだもの。経験してみるのも悪くないと思ったのよ」

「いいよいいよ、そんなの全然。どんな理由だとしても嬉しい」

我ながら可愛げがないと思ったが、トラヴィスは素直に喜んでくれた。

それを見て、どこかホッとしている自分がいることに気づく。

――待って。私、トラヴィスに可愛げがないと思われたくなかったの？

まさか、そんなはずはない。

自分の感情が理解できなくて困惑していると、トラヴィスは弾《はじ》けるような笑顔を向けてきた。

「それなら早速行こう。お昼を食べに行く、でいいんだよね？」

「え、ええ、そうね。どの店がいいとかなんて分からないけど……」

「そこは大丈夫。帝国には何度か来ていると言っただろう？　店にも多少は心当たりがあるよ」

自信たっぷりに告げられ、それならと任せることにする。

ふたりで中庭を出ようとすると、上からナリッサが見ていることに気づいた。

彼女はとてもいい笑顔でブンブンと手を振っている。

「……」

「あの子、ルルの女官だよね？」

「え、ええ」

「すっごい笑顔だけど……」

「……気にしないで。あの子、イケメンが好きなのよ。たぶん、あなたを見て興奮しているんだと思うわ」

遠目でも目がキラキラしているのが分かるから、よほど嬉しいのだろう。

私とトラヴィスが一緒に移動することを察知し「行ってらっしゃいませ！」とばかりに手を振っているのがその証拠だ。

「……イケメン好きなんだ」

「ええ。でも自分がどうにかなりたいとかではないのよ。観賞して楽しんでいるだけだから、あなたに害はないと思うわ」

「そ、そう。え、えーと、ちなみにルルは僕のことをどう思ってるのかな？　そ、その、ルルもイケメンと思ってくれてる？」

窺うようにこちらを見てくる。

私はズバリ、彼に言った。

「顔立ちは整っていると思うわ。世間一般的に見て、かなりの美形なんじゃないかしら。ただ、私の好みかどうかと言えば違うけど。私の好みはマクリエ殿下みたいな方だって、前にも説明したでしょう？」

「分かっていたけど、顔は好みだとかそういう言葉を聞きたかったんだよ……」

非常に悔しそうだが、嘘は吐けない。

私はお気の毒という気持ちを込めて、トラヴィスに言った。

「残念ね」

「やめて。本人に言われると、なんかグサッとくるから……くそっ、僕は負けないから。君の好みと違うのは悲しいけど、だからといって諦めたりするもんか」

「トラヴィスってわりとしつこいタイプよね」

拳を握るトラヴィスを呆れた気持ちで見つめる。

「普通、ここまではっきり言われたら諦めると思うのだけれど」

「一生に一度の恋をしているからね。それが分かっているのに諦める選択肢はないよ」

「ふうん」

それはまた大言壮語も甚だしいことだ。

いくら言われたところで、彼の気持ちに応えることはできないから、話を切り上げた。

「お昼を食べに行くんじゃなかったの？　行かないのならそれでも別に構わないけど」

「行く！　行きますって！　ああもう、本当にルルは塩だなあ。こんなに好きだってアピールしてるんだから、少しくらい反応してくれてもいいと思うんだけど」

「お生憎《あいにく》様。私はそんな分かりやすい女じゃないの。嫌だったら別の人のところに行って」

「だから行かないって！　僕はルル一筋なんだから。えっと、食事だけど何系が好きとかある？

食事より甘いものがいいというのならそれでも構わないよ」

「甘いもの……」

「女性はチョコレートとか好きな子が多いよね。僕も嫌いではないから付き合えるよ」

「……残念ながら私、甘いものというかチョコレートが好きではないのよね」

「え、そうなんだ」

「ええ。糖分より塩分派よ」

「……意外だ」

本当に意外そうにトラヴィスが見てくる。

そんな彼を促し、帝城の中へ向かいながら言った。

「チョコレート菓子より塩を振ったポテトが好きなのよね。ローストビーフが挟まったサンドイッチなんかも好きだわ」

「人の好みは色々だけど……本当に意外だな。でも、お茶会なんかにチョコレートはよく出てくるよね？　そういう時はどうするの？」

「息をしないようにして、口の中に放り込むのよ。食べ終わったあと、お茶で流し込めばそこまで苦痛は感じないわ」

「……徹底してる」

驚かれたが、実際、この手はよく使うのだ。

第一皇妃であるテレサ様のお茶会に招かれた時もそうした。

彼女のお茶会に出てきたお茶菓子はチョコレート系が多くて大変だったが、無の境地で食べきったのだ。

「慣れればそこまで大変ではないわよ」

内心では「げ」と思っていても、なんでもありませんという顔でチョコレートを口に放り込む行為は、最初こそキツかったが回数をこなしていくうちに慣れてくるのだ。

「あなたも嫌いなものがあったら使って……って、あら、今日は真面目に門番が仕事をしているのね」

歩いているうちに正門に着いたのだが、立っている門番が珍しく仕事をしていたのだ。

ひとりひとり顔を見て、不審人物ではないかチェックしている。

いつもサボっていたので上手く抜け出せていたのだけれど、この感じでは難しいかもしれない。

しかも今日の私は帝国風衣装ではなく、自国の民族衣装であるカフタンを着ている。

それはトラヴィスも同じで、隙を突こうと思ってもかなり目立ってしまうのではないかと思われた。

「外に出るのは諦めた方がよさそう」

「え、なんで?」

「え?」

門番に見つかれば「お戻りください」とやんわり引き返させられるのだろうなと思っての言葉だったが、トラヴィスは不思議そうな顔で私を見てきた。

「別に普通に出ればいいいんじゃない?」

「僕の後についてきて」

「帝都は治安が良いからね。特に止められないよ。僕もいつも出てるし。ほら、僕の後についてきて」

「……」

「普通にって……」


軽く歩き出したトラヴィスの後ろを、疑いつつもついていく。

正門を行き来する人たちにひとりひとり声を掛けていた門番が私たちの存在に気がついた。

「次は……と、あなた様はサルーン王国のトラヴィス殿下では？」

当たり前だが、滞在している王族の顔と名前を把握しているようだ。

あと、目立つ民族衣装を着ているので間違えようがないとも言える。

門番の声掛けに、トラヴィスは軽い口調で告げた。

「ちょっと外でお昼を食べてこようかと思ってね。夕方までには戻るよ」

「さようでしたか。おや、お連れ様がいらっしゃるのですか？　そのお衣装をお召しになっているということは……」

「ああ、アンティローゼのルルーティア王女だよ。彼女、一度も帝都のカフェに行ったことがないって言うから、勿体ないと思ってね。誘ったんだ」

「確かにそれは勿体ない。帝都のカフェはどこもレベルが高いですから」

「だよね。楽しんでくるよ」

「行ってらっしゃいませ」

門番が頭を下げ、私たちを見送る。

その態度に驚きを隠せないでいると、トラヴィスが言った。

「行こう。他の人たちの邪魔になるし」

「え、ええ、そうね」

正門で立ち止まったままでは確かに邪魔だ。

慌てて正門を出る。振り返ってみたが、門番が誰かに私たちのことを言いつけている様子はなかった。

真面目に仕事をしている。

「……」

「ね、だから言ったでしょ」

呆気にとられていると、トラヴィスが言った。

彼を見る。

思わず言ってしまった。

「えっと、じゃあ今まで私が気にしていたのは……?」

「何回君が外に出ていたのかは知らないけど、無意味だったということかな。というか、普通に気づいていたんじゃない？　帝国兵だって馬鹿じゃないんだ。特に君みたいな目立つ美人がいたら、目で追ってしまうと思うし」

「……」

トラヴィスの言葉に黙り込む。

今の今まで上手く抜け出せていると信じていただけに恥ずかしかった。

「なんてこと……」

羞恥に耐えられず、顔を手で覆った。

トラヴィスが慰めるように言ってくる。

「別にいいんじゃない？　問題のある行動を取っていたってわけじゃないんだし。ただ、君は女性だからね。いくら治安が良くてもひとりでぶらつくのは危ないって止めるけど」

「……」

だから昨日は止めたのだと言われ、小さく頷いた。

トラヴィスの言うことは何も間違っていない。

「何かあってからでは遅いから。ま、今日は僕と一緒だから大丈夫。大船に乗った気持ちでいてくれていいよ」

「大船、ね。沈まなければいいけど」

軽口を叩くとトラヴィスがニッと笑った。

「任せてよ。これでも腕には自信があるんだ」

「そういえば昨日も言ってたわね。本当なの？」

トラヴィスは細身なので、あまり腕っ節が強そうには見えない。

疑いの目で彼を見る。トラヴィスは自分の腕を叩きながら言った。

「マクリエには負けるけどね。王子としてそれなりには鍛えているよ。さて、甘いものは好きではないということだけど……うーん、そうだね。君が好きだと言っていたローストビーフのサンドイッチを出す店にでも行こうか」

「あるの？」

思わず目を輝かせた。

ローストビーフは単品で食べるのも好きだが、サンドイッチにして食べるのが一番好みなのだ。

私が乗り気なのを見て、トラヴィスが頷く。

「あるよ。ちなみにその店は、ポテトも売っている」

「最高ね！」

手を叩く。

好みを理解してくれる人というのは有り難いものだ。

トラヴィスの案内で大通り沿いを歩く。昨日までは弟を探すのに必死で、それほど帝都に対して興味を抱けなかったが、目的を果たしたことで余裕ができたのだろう。

普通に楽しい気持ちになれた。

「ほら、あの店だよ」

トラヴィスが指さしたのは、大通り沿いにある店だった。

特に行列はできていない。

煉瓦《れんが》造りで、看板には牛の絵が描かれてあった。

「牛、だわ……」

「牛肉を主に扱っているからね。ステーキも美味しいんだよ」

「へえ……」

それは興味がある。

私はがっつり肉を食べたい派なのだ。

ウキウキとしていると、トラヴィスが笑って聞いてきた。

「もしかしてステーキも好き？」

「大好き！　やっぱり人間、肉を食べないと力が出ないと思うのよ」

「ずっと塩な態度を崩さなかった君がそこまで感情を露《あら》わにするんだから、よっぽど好きなんだろうなって分かるよ。連れてきてよかった」

トラヴィスが店の扉に手を掛けた。

カランという音がして扉が開く。中から「いらっしゃいませ」という声が聞こえてきた。

「予約していないけど大丈夫かな。二名なんだけど」

「大丈夫ですよ。奥の席へどうぞ！」

店員と思われる女性が出てきて、私たちを席へと案内してくれた。

店内は薄暗く、雰囲気がある。

席は八割ほど埋まっていて、客層は三十代から四十代くらい。

あまり若い客はいないようだ。

同じ大通り沿いにある店にもかかわらず、若い人たちが集まる開放的なカフェとは全く違う。隠れ家というような雰囲気だ。落ち着きがあって、ホッとする。

「へえ……」

「あまり若い客が来ない店なんだ。価格設定も高めだし、カフェメニューは置いてないから」

「確かに。少し休憩したいだけで立ち寄る店ではないわね」

目的が違うということなのだろう。

ワクワクしていると、店員がメニュー表を持ってきた。手渡され、中を確認する。

トラヴィスから聞いた通り、牛肉を扱ったメニューが多く載っていた。

ローストビーフのサンドイッチももちろんある。

「どれも美味しそうだわ」

私が気になったのは、ミックスグリルのセットだ。牛肉のステーキと海老フライ、あとチキンステーキもついてくる満腹間違いなしのセット。

「どれでも好きなのを選んで。僕は……そうだね。このミックスグリルを頼もうかな」

ちょうど見ていたミックスグリルをトラヴィスが指さす。

君は、という顔をされ、少し悩んだが、初志貫徹しようと決めた。

「ローストビーフのサンドイッチにするわ。あと……この山盛りポテトというのも頼んでいい？」

「もちろん。僕もポテトは好きだからね。君さえよければシェアする？」

「助かるわ」

食べきれるか少し自信がなかったので、トラヴィスの提案は渡りに船だった。

注文を済ませる。

店内には牛肉の良い匂いが漂っており、お腹《なか》が空いて堪らない。

年齢層が高めの店だからか、客が入っているわりに静かなのが落ち着ける。

それに席と席の間隔も広めに取られていて、あまり周囲を気にする必要がなかった。

「いい店ね」

「気に入ってくれて何よりだよ」

肘を突いたトラヴィスがにっこりと笑う。

「お待たせいたしました」

とりとめのない話をしていると、店員が注文の品を持ってきた。

私の目の前にローストビーフのサンドイッチが置かれる。

非常に分厚いサンドイッチだ。

バゲットに挟まったローストビーフは分厚く量がある。グリーンリーフと紫玉葱《たまねぎ》が彩りを添えていた。これだけでお腹いっぱいになりそうなボリュームだ。

さらに山盛りポテトが置かれる。

丸いお皿にざらりと盛られたポテトは一本一本が分厚く、揚げたてで艶々している。

「美味しそう……」

ワクワクしながらトラヴィスを見れば、彼の前にはミックスグリルが置かれていた。

ミックスグリルは黒い鉄板の上に載っていてジュウジュウという肉の焼ける音がしている。

こちらもものすごく美味しそうだ。

「いただきます」

ウキウキでローストビーフのサンドイッチを手に取る。

厚切りのローストビーフが挟まれたサンドイッチはジューシーで文句の付け所がない美味しさだった。挟まっていた野菜も新鮮でシャキシャキだ。

思わず声が出た。

「美味しい……！」

「君の好みに合ったようでよかったよ。ああ、このチキンステーキも美味しいな」

トラヴィスもカトラリーを取り、食べ始める。

トラヴィスは細身なので、なんとなくあまり食べないのではと思っていたが、意外と健啖《けんたん》家だった。

チキンステーキも牛のステーキも、なんなら海老フライもかなりの大きさだったが、ペロリと平らげてしまう。

しかも彼は美味しそうにものを食べるので見ていて気持ち良かった。

私も負けられないとサンドイッチを食べたが、ふと付け合わせににんじんのソテーがついていることに気づき、眉が寄った。

「あ……」

「ん？　もしかしてにんじんが苦手だったりする？」

一瞬顔を顰めたのを、トラヴィスは見逃さなかった。

誤魔化したかったところだが、気づかれては隠せない。それに完全なプライベートで来ていると
いう気持ちの緩みもあったから、観念して頷いた。

「……ええ、恥ずかしながら。王族なのに情けないわよね。でも、にんじんってどうしても駄目で」

目を逸らし、小さく息を吐く。

子供の頃からにんじんだけは無理なのだ。

何をしても美味しいとは思えない。

「もちろん、会食なんかで残したりはしないわ。頑張って食べる。でも、避けられるものなら避け
たいわね……」

王女としてなかなか情けない話である。

しかも甘いものが苦手、というのとはまた事情が違う。

甘いものは避けても良いだろうが、野菜嫌いは大目に見てはもらえないのだ。

馬鹿にされても仕方ないと思ったが、トラヴィスは笑わなかった。

むしろ真顔で告げた。

「分かるよ。人間、苦手なものってどうしてもあるよね」

「……あなたも？」

まさかという顔で彼を見る。

トラヴィスはこっくりと頷いた。

「僕はさ、グリーンピースがどうしても駄目なんだ。あのプチッとした感触もゾッとするけど、何より味だよ。青臭いしひたすらまずい。あれを美味しいと思える人たちの気持ちが分からないね」

「……」

心底嫌そうに言うトラヴィス。

グリーンピースが嫌いな気持ちは私には理解できないが、どうしても無理なものが世の中に存在するというのはよく分かるので、大きく頷いておいた。

「私も、にんじんが好きという人の気持ちが分からない。特にスープが駄目なのよね……。でも、前菜とかでよく出てくるのよ。見るたびに絶望するわ」

にんじんはメジャーな野菜なので、何かと目にする機会が多いのだ。

溜息を吐きながら首を横に振ると、トラヴィスが気の毒そうな顔で私を見てきた。

「確かに機会は多いね。そういう時はどうするの？」

「あれよ。例の『息を止める方法』を使うの。味を感じないようにして呑み込むのよ。そうすればなんとかその場しのぎはできるわ」

真顔で告げる。トラヴィスは何度も頷いた。

「なるほど。例の技が生きてくるんだね」

「あなたもグリーンピースが出てきた時には使ってみるといいわ。王族だもの。嫌いだから残しますなんて言えないでしょ？」

「言えないね。いつも無我の境地で食べていたんだけど……そうだね、今度試してみるよ」

「是非。あ、でも、食べている途中でうっかり気を抜くと一気に騙《だま》していた分の味が来るから、気をつけて」

「……ええ？　それ、最悪じゃないか」

「一度、そういうことがあったの。死ぬかと思ったわ」

想像したのか、トラヴィスが顔を歪める。

私もその時のことを思い出し、泣きそうな気持ちになった。

実際、上手く遮断していたはずの味が一度に押し寄せた時はどうしようかと思ったのだ。

あれは二度と経験したくない出来事だ。

「大変だったね。君の技を使わせてもらう時は、気をつけるよ」

「ええ、是非」

ふたりで頷き合う。

しかし、嫌いな食べ物の話でここまで盛り上がれるとは意外だった。

「王族のくせに好き嫌いがあるのか」的な顔をされても仕方ないと思っていただけに驚きだ。

そう思っていると、トラヴィスが私のにんじんを見つめ、言ってきた。

「とりあえずだけど、そのにんじん、食べてあげようか？　別に堅苦しい場ってわけでもないし、僕も気にしないからね」

「……いいの？」

そうしてもらえれば助かるけど、構わないのだろうか。

驚きながらもトラヴィスを見つめる。彼はお皿を差し出してきた。

「いいよ。ほら、ここに入れて。別に必要のない時にまで気を張る必要なんてないんだって。それに、僕もグリーンピースがあったらお願いしていたかもしれないからね。持ちつ持たれつってこと」

軽くウインクをしてくるトラヴィス。その様は軽薄な男の仕草そのものだったが、今の私にはとても頼もしく見えた。

「ありがとう。できれば食べたくなかったから嬉しいわ」

にんじんを差し出されたお皿に移す。

お皿に移されたにんじんをトラヴィスはパクリと食べた。

もぐもぐと口を動かし、嚥下《えんか》する。そうしてとても残念そうに言った。

「グリーンピースもこの味だったなら楽勝だったのにな。本当、グリーンピースなんてなんのために存在するのか理解できないよ。僕に嫌がらせをするためにあるんじゃないかな」

「まさか」

でも、トラヴィスの言いたいことはよく分かる。

私も日々、にんじんに対し、殺意を抱いているからだ。

お互いの嫌いなものを知ったことで、秘密の共有ができた気持ちになったのだろうか。

それまでよりも話は弾み、なかなか楽しい時間となった。

前にも感じたことだが、トラヴィスはしっかり空気を読んでくれるタイプで、昨日のことなどおくびにも出さないし、こちらが話したくない話題はさりげなく逸らしてくれる。

会話をする相手としては申し分がなかった。

「……おお、トラヴィスではないか」

楽しく話していると、店の扉が開き、新たな客が入ってきた。

二メートル近い巨漢。私好みのムキムキな筋肉を持つヴィルディング王国のマクリエ王子だ。

彼も私たちと同じように自国の民族衣装であるクルタを着ている。

自由時間を楽しんでいるという雰囲気だった。

でも、どうしてマクリエ王子がここにいるのだろう。

戸惑っていると、彼は笑顔で私たちの方へ歩いてきた。

トラヴィスに視線を向け、親しみの籠もった笑みを浮かべる。

「お主もここにいるとは思わなかったである。それなら誘ってくれれば……と、おお、そちらにいるのはルルーティア王女か」

「お久しぶりです、マクリエ殿下」

私に気づいたマクリエ王子に挨拶をする。

彼は頷き、トラヴィスの肩を叩いた。

「なんだ。逢《あ》い引きしていたのであるか」

「あ、逢い引きって……」

言い方にギョッとする。てっきりトラヴィスは肯定するものと思ったが、意外にも彼は否定した。

「いった。違うって。偶然会ったから食事に誘っただけだよ。それで君は？」

「どうにも小腹が空いて、我慢ができなくてな。がっつり食べたいと思い、ここへ来たのである」

「なるほどね。そういえばこの店って君に教えてもらったんだっけ。そりゃ、鉢合わせもするかぁ」

納得したと言わんばかりのトラヴィスに目を向ける。

どうやら彼はマクリエ王子にこの店を教えてもらったようだ。

マクリエ王子の体格を考えてもしっかりタンパク質を取ってそうだから、ボリューム感のあるこの店を知っているのは当然と言えた。

しかし、やはり格好いい。

マクリエ王子は胸筋が発達しているせいで、緩めに作られているはずのクルタがパツパツになっていたが、そんな姿にすらときめきを感じてしまった。

「素敵……」

思わずという風に告げると、トラヴィスがカッと目を見開いた。

「ルル⁉」

「だ、だって……」

咎めるような視線を向けられ、さっと目を逸らした。

トラヴィスが嘆かわしいという声を出す。

「今、明らかに語尾にハートが飛んでいたからね？　ええー？　本当に辛いんだけど。どうして想い人が友人にうっとりする場面を目撃しないといけないいんだよ……」

「拙者としては悪くない気分であるがな。ルルーティア殿はなかなか良い趣味をお持ちのようだ」

「あ、ありがとうございます……」

優しく微笑まれ、嬉しくなった。

好みの男性の微笑みは健康に良いものだ。だがトラヴィスは許せないらしく、ギリギリと歯ぎしりをしている。

「ああっ！　ルルが可愛い顔をしている!!　もう、なんなんだよ。ちょっと筋肉があるってだけで、ルルの可愛い顔を見放題とか、前世でどんな善行を積んだわけ？」

「トラヴィスの言うことは、時々意味が分からないである」

「つまり僕も見たいってこと！」

「正直であるな」

本当に正直すぎて苦笑するしかない。

トラヴィスは気持ちを真っ直ぐにぶつけてくるタイプなので、今更「嘘だろう」とは思わなかった。どちらかというと、仕方のない人だなあという感じだ。

私たちを見ながらマクリエ王子が聞いてくる。

「せっかくなら一緒にと思ったが……なんだ、お主たちはもう食べ終わったのであるか？」

「うん。そろそろ出ようかなって思っていたところ」

私たちのお皿はもう空っぽだ。それを見たマクリエ王子が残念そうに言った。

「そうであるか。タイミングが合わなかったのなら仕方ない。またよかったら誘って欲しいのである」

「分かった」

それでは、とマクリエ王子があっさり離れて行く。店員に案内された場所に座り、慣れた様子で注文を始めた。

「じゃ、僕たちも出ようか」

ぼんやりとマクリエ王子を視線で追っていると、トラヴィスが話し掛けてきた。それに頷き、立ち上がる。

「あ、お会計」

「もう済ませてある」

そういえばまだしていないと思ったが、すでにトラヴィスによって払われていたようだ。

ずっと一緒にいたのにいつ会計を済ませたのか、全く気づかなかった。

「え、いつの間に……」

「注文した時についでにね。あ、今日は僕のおごりだから。食事に誘ったのは僕なんだから、ここは格好をつけさせて欲しいな」

笑顔でそう言われれば、払わせて欲しいとは言いづらい。

おごってもらうつもりはなかったのだが、こういう時にゴタゴタ言うのも違うと思ったので、素直にお礼を言うことにした。

「ありがとう。ごちそうさま」

「こちらこそ。ルルのお陰で楽しい昼食時間を過ごせたよ」

気にするなという風にトラヴィスが手を振る。

こちらに負荷を掛けない物言いに感心した。

本当に、知れば知るほどトラヴィスという男性が、きちんとした人だということを痛感する。

最初は甘ったるい口説き文句を言ってくる軽薄男としか思わなかったのに、それは彼の本質ではなかったと、日々、気づかされるのだ。

ふたり揃《そろ》って店を出る。

外に出る直前にマクリエ王子を見たが、彼はちょうど運ばれてきた特大ステーキに相好を崩しているところだった。

「……大きなステーキ」

「この店で一番大きいサイズだね。マクリエはあれを三枚食べるんだ」

「嘘でしょ、三枚も⁉」

さすがに盛りすぎだろうと思ったが、トラヴィスは黙って首を左右に振った。

その顔には「奴《やつ》はそれくらいなら余裕でやる」と書かれてある。

「人は見かけによらないのね……」

「いや、見かけ通りだと思うけど。あの筋肉を維持しているんだ。マクリエはかなり食べる方だよ」

私の言葉をばっさりと否定し、トラヴィスが歩き出す。

私も彼の後を追った。

このあと、どこかに寄るのかなと思ったが、彼は真っ直ぐ帝城へと向かっている。

食事に誘われただけだからそうなるのは当然なのに、何故か残念だなという気持ちになってしまった。

特に問題もなく、帝城に戻る。

正門にいた門番は、トラヴィスが声を掛けると「お帰りなさいませ」と言ってくれた。

「先ほど、マクリエ殿下も外出なさいましたよ」

「目的は同じだったみたいでね。店で会ったよ」

「さようでございますか」

こんなやり取りをし、門番と別れる。

もはや見慣れた帝城の廊下を歩く。彼が向かっているのは私の部屋だ。

部屋の前まで送ってくれるつもりなのだろう。

もうすぐトラヴィスとお別れと思うと、なんだかとても寂しい気持ちになった。

もう少し一緒にいたかった、なんて思ってしまったのである。

これまでトラヴィスから散々距離を取ろうとしていたくせにそんなことを思うなんてと驚いたが、たぶん、それくらい今日のお出かけが楽しかったのだろう。

ただ、昼食を食べただけなのにそれがこんなにも楽しいなんて吃驚だ。

そう思っていると、ちょうど進行方向側からオコーネル皇子が歩いてくるのが見えた。

「――あ」

はしゃいでいた気持ちがずんと下がったのが分かった。

オコーネル皇子に気づいたトラヴィスが、咄嗟に私を庇《かば》う。

前に絡まれていたことを思い出したのだろう。その表情は硬く、冷たいものになっていた。

オコーネル皇子の方も私たちに気づいたようだ。

彼はニッと嫌な顔で笑うと、泰然とした態度で私たちの方へとやってきた。

「こんなところで会うとは奇遇だな」

「僕は会いたくなかったけどね。それより、今すぐ消えてくれないかな。君がルルに迫っていたこと、僕は許したわけではないんだ」

鋭い声で牽制《けんせい》するトラヴィス。

オコーネル皇子はそんな彼をチラリと見ると、鼻で笑った。

「ふん、吼《ほ》えられるのも今のうちよ。……ルルーティア王女。例の話が決まった。覚悟しておくのだな」

「えっ……」

反射的にオコーネル皇子を見上げる。彼は馬鹿にしたように私を見た。

「詳細は父親に聞くといい。楽しみにしているぞ」

それだけ言い、オコーネル皇子が離れて行く。その顔は笑っていたが、酷く歪んでもいた。

まるでいい気味だと言わんばかりだ。

「……」

「ルル？」

気づかないうちに、身体が震えていた。

オコーネル皇子から聞いた言葉が信じられなかった……いや、信じたくなかったのだ。

『例の話』とは間違いなく、彼と私の結婚話のことだろう。

秘密裏に父が進めていた話がついに現実になったのだと、オコーネル皇子はそう言ったのだ。

「……あ」

覚悟していたはずだった。

この国に来る前から、こうなることは分かっていた。

それなのに。

――いや、いや、いや……。

頭の中を埋め尽くすのは『嫌だ』という言葉だけ。

結局、私は何一つ覚悟もできていなければ、この身を差し出す勇気もなかったのだ。

だってオコーネル皇子に嫁ぐと思っただけで、怖気《おぞけ》が走る。

嫌悪感でいっぱいになって、今すぐ逃げ出したいと思ってしまう。

全身に鳥肌が立っている。

気分が悪い。吐き気が込み上げてきた。

「う……」

「ルル、どうしたの？」

思わず口元を押さえると、心配そうにトラヴィスが私の顔を覗き込んできた。

そんな彼に首を横に振って答える。

「……なんでもないの。なんでもないから気にしないで」

「そんなに顔色を悪くして何を言っているの？　さっき、オコーネルが言ったことと関係があるんだよね⁉　例の話って何⁉」

私が言いたくないのを理解した上で聞くのは、さすがに無視できないと思ったからだろう。

彼が心から心配してくれているのは分かっていたが、事情を説明することはできないし、何よりトラヴィスに「オコーネル皇子と結婚することになった」とは口が裂けても言いたくなかった。

だから首を横に振るしかない。

「……本当になんでもないの。ここまででいいわ。今日はありがとう」

これ以上追及されるのが嫌でそう告げる。

「ルル！」

「お願い。これ以上私を惨めな気持ちにさせないで」

「惨めって……」

「言いたくないの。それに、そのうち分かることだから」

本当に婚約が決定したのなら、近々発表があるだろう。

私が言いたくなくても、トラヴィスは知るはずだ。

「さよなら」

一言だけ告げる。

泣きそうになるのを堪え、歩き出した。

「ルル……」

「来ないで。お願いよ」

ついてこようとしたトラヴィスに震える声でそう告げる。

私の声に本気の拒絶を感じ取ったのか、彼が追いかけてくることはなかった。

◇◇◇

「ただいま」

「お帰りなさいませ、姫様。トラヴィス殿下とのデートはどうでしたか？　楽しかったです？　ああもう、私も一緒に行っておふたりの様子を観察したかったです～」

暗い気分のまま部屋に戻ると笑顔のナリッサが出迎えてくれた。

どうやら彼女は結婚話をまだ聞かされていないようだ。それにホッとしつつ、無理やり笑顔を作った。いつものように軽口を叩く。

「デートだなんて大袈裟《おおげさ》。ただ食事をしただけよ。特に何もないわ」

「何もないなんてことはないですよね？　そもそも姫様が異性に誘われて一緒に食事、なんてこと自体が珍しいんですから。姫様は好みではない、なんておっしゃっていましたけど、気は変わりましたか？　サルーン王国の王太子妃なら姫様に相応しいと思いますし、私は応援しますよ！」

「応援されてもね。友人のようなものだから恋愛感情はないわ。そもそも筋肉が足りないのよね。マクリエ殿下並みに筋肉があれば、少しは考えてもよかったのだけれど」

「マクリエ殿下、ですか？」

ナリッサが首を傾げる。

彼女はマクリエ王子と会ってはいないのだ。どんな方なのか想像できないのだろう。

心は暗く重かったが、私はわざと明るい声を出した。

「とっても素敵な方よ。ヴィルディング王国の王太子で、トラヴィス殿下のご友人なのだけれど、私の理想の筋肉をお持ちなの」

マクリエ王子を褒め称《たた》えるとナリッサは渋い顔をした。

「それってすっごい筋肉ダルマってことでは？　ええー？　姫様の好みにケチをつける気はありませんが、私、暑苦しい殿方は苦手です。どうせならトラヴィス殿下のようなスマートな男前の方が見ていて楽しいですもの」

「っ！　ナリッサの好みは聞いていないのよね」

嫌そうに告げるナリッサに、できるだけ平静を装って言葉を返す。

ナリッサには悪いが、今、トラヴィスの名前を聞きたくなかった。

彼女はテキパキと歩き、クローゼットを開けながら私に聞いてくる。

「とりあえずお着替えを済ませてしまいましょう。そのあとお茶を淹れますからね。お茶菓子はどうします？」

「甘くないものならなんでもいいわ」

「姫様、甘いものはお嫌いですものね。分かりました。紅茶味のスコーンくらいならどうです？」

「……そうね」

昼食を食べた直後ではあるが、それくらいなら入るだろう。

頷くと、彼女は着替えを取り出し、準備を始めた。

忙しく動き始めたナリッサを、近くのソファに座りつつぼんやりと見つめる。

無理に作っていた笑顔が崩れる。

思い出したくないのに結婚話を思い出し、また泣きそうになった。

——駄目。泣いてもどうしようもないんだから。

必死に自分に言い聞かせる。そうしていると、扉からノック音が聞こえてきた。

「姫様」

声を掛けてきたのは、アンティローゼから連れてきた護衛のひとりだ。

溢れそうになっていた涙を追いやり、できるだけいつも通りの声で入室を許可する。中に入ってきた護衛は私を見ると、頭を下げた。

「お忙しいところ申し訳ありません。陛下がお呼びです」

「お父様が？」

「はい。大事な話があるとかで」

「……そう」

口を真一文字に引き締めた。

父の大事な話がなんなのか、分かったからだ。

先ほど聞いたオコーネル皇子との結婚。それについて話すつもりなのだろう。

――ああ。

真綿でじわじわと首を絞められるような苦しさを感じる。

逃げ場もなく追い込まれていく気分だ。

もちろん逃げる気はないし、弟を取り戻すためだ。

受け入れる用意はあるが、嫌だと思ってしまう気持ちだけはどうしようもなかった。

「……分かったわ」

諦観の念で目を瞑る。重い息を吐き出し、ソファから立ち上がった。

事情を知らないナリッサが笑顔で見送ってくれたが、私としては、死刑判決が確定している被告人の気分だった。

◇◇◇

「お父様、ルルーティアです」

「入れ」

父の部屋に行き、声を掛ける。

入室許可が出たのを確認し、部屋の扉を開けた。

ここまで案内してきた護衛は入ってこない。

部屋の中にも護衛はおらず、私と父のふたりきりだった。

人払いをしているのだろう。内々に決まった結婚の話をするのだから当然の配慮だ。

「お前の婚約が決まった」

「……」

私の姿を見た父が短く告げる。

覚悟していたにもかかわらず、ショックを受けた自分に少し驚いた。

小さく息を呑み、ギュッと目を瞑ってから返事をする。

「そう、ですか」

「先ほど、皇帝陛下より正式に返事を賜った。最終日の夜会でお前とオコーネル皇子の婚約が発表される予定だ」

「……はい」

告げられた予定を聞き、身体が震える。

オコーネル皇子に聞いた通りだ。

先ほども会ったオコーネル皇子のことを思い出す。

あのいけ好かない、嫌悪感しかない男と結婚しなければならないのか。

分かっていたことなのに「嫌だ」と拒否したくて堪らなくなる。

それを何とか堪え、父に聞いた。

「……キースは」

「返していただけるそうだ」

「そう……ですか」

何より願っていた答えを聞き、息を吐き出す。拳を握り、胸に当てた。

七年もの長きに亘り囚われていた弟が、アンティローゼへ帰るのだ。こんなに嬉しいことはない。

——よかったわ。

昨日、七年ぶりに再会したキースを思い出す。

弟は細身ではあったが健康そうだった。言葉も明瞭で、拷問を受けているような様子もなかった。

彼を屋敷に置いてきたことだけが気に掛かっていたけれど、返してもらえるのならばいい。

あとは、弟を無事なままアンティローゼに帰国させることができれば完璧だ。

アンティローゼとしては、これ以上望むことはないだろう。

父には弟と会ったことを告げていないが、言ったところで怒られるだけ。手伝ってくれたトラヴィスに迷惑を掛けたくもなかったので、隠し通そうと決めている。

「分かりました」

返事をする。

人質となった弟の代わりに私がオコーネル皇子に嫁ぐことは、最初から分かっていた。

父からは「これこそが王族としてお前が果たすべき役目」と言われていたし、私もそう思う。

王族として、国の役に立てるのだ。

喜んでオコーネル皇子に嫁ぐ。それが私のすることだ。

弟は七年もの間、アンティローゼのために囚われていた。次は私の番だと思えば、これくらいなんでもない。

どうして自分が、などと思ってはいけない。

「ルル、大丈夫か」

溢れそうになる感情を堪えていると、父が聞いてきた。心配しているというよりかは、任務を果たせるかと念を押している感じだ。

それを薄情だとは思わない。だってその話はとうの昔に済んでいる。

父に「行ってくれるか」と言われ「はい」と答えたのは過去の自分で、それを後悔していない。

「大丈夫です。……お父様、話がこれだけなら失礼しますね」

父に辞去の言葉を告げ、部屋を出て長息した。

「……駄目ね」

ポソリと呟く。

ずっと覚悟してきたはずなのに、嫌で嫌で仕方なかった。

そんなことをしてはいけないのに、分かっているのに「無理です」と言いそうになってしまった。

全然大丈夫なんかじゃない。オコーネル皇子なんかに嫁ぎたくないと、父の苦労を水の泡にするような言葉を発するところだった。

その思いを閉じ込め、なんとか「分かりました」と返事をしたが、一体私はどうしてしまったのだろう。

「……トラヴィス」

一瞬、彼の姿が脳裏を過《よぎ》り、慌てて首を横に振った。

どうしてトラヴィスの名前を呟いたのか、自分で自分が分からない。

ただ彼を思い出すと、酷く悲しい気持ちになったのが驚きだった。

「……だから、お断りですって言ったのよ」

誰にも聞こえないくらいの声で呟く。

その声は自分でも驚くくらい意気消沈していて、今の私の心情を強く表していた。

◇◇◇

幸いにもそれからトラヴィスと会うことはなく、会議最終日となった。

四カ国会議は無事に終了し、やってきた夜。

会議が終結したことを喜ぶ夜会が、盛大に開催された。

関係者全員参加の夜会には当然トラヴィスもいて、私の近くに来たそうに視線を送ってきたが、結婚が決まった身で、他の男性と親しくできるはずもない。

会釈だけして、父と一緒に皇帝の近くへ向かった。

皇帝の側にはオコーネル皇子がおり、私を見てニヤニヤと気味悪い笑いを浮かべている。

その笑いにどうしようもないほど怖気が走ったが、もはや私に逃げるという選択肢はない。

そっと目を逸らすのが精一杯。大人しくその場に留まった。

「この場を借りて、皆に発表がある」

皆より二段は高い場所から皇帝が発言する。

注目が集まったのを確認し、皇帝は口を開いた。

「この度、息子オコーネルとアンティローゼの王女ルルーティア殿の婚約が正式に決まった。近いうち、婚約式も執り行う予定だ。ウェスティア帝国とアンティローゼ王国には過去に遺恨もあったが、これよりは手を取り合っていく次第である。皆、祝福して欲しい」

皇帝の言葉に、皆の視線が私とオコーネル皇子に向く。

オコーネル皇子はニヤニヤ顔のまま、私の肩を抱き寄せた。

「っ……！」

総毛立った。

触れられたこと、近くに寄られたこと、その全てが気持ち悪い。

振り払いたくなったが、根性で堪える。

今は婚約発表の場なのだ。私は幸せに笑っていなければならない。

——我慢、我慢よ。

王族なのだ。気に食わない相手との結婚なんていくらでもある。

それに私の結婚は私だけの問題ではない。

私がオコーネル皇子と結婚することで、弟を返してもらえるのだ。

それは跡継ぎが必要なアンティローゼ王国にとって何よりも大切なこと。

「……」

皆が拍手をする中、ただただこの苦痛な時間が早く終わって欲しいと願う。

涙が溢れそうになるのを堪えた。

最初にオコーネル皇子との結婚を父から打診された時は「王族としての義務です」と答えられたし、実際にそう思っていたのに、いざその時が来ればこのざまだ。

結婚なんて大したことがない、誰としても同じだと思っていた自分を殴ってやりたいと思うくらいには、オコーネル皇子との結婚に嫌悪があった。

――駄目、耐えないと。

発表が無事に終わる。

ホッとしたのもつかの間、血相を変えたトラヴィスがやってきた。

「ルル！　婚約ってどういうこと⁉」

彼からしてみれば、青天の霹靂《へきれき》だろう。

私がオコーネル皇子を嫌っているのはトラヴィスも知っていたたし、そもそもアンティローゼは戦争を仕掛けてきたウェスティア帝国をよく思っていない。

それなのに、王女を皇太子に嫁がせるというのだから。

「どうして……」

泣きそうな顔でトラヴィスが私を見てくる。その顔を見ていると、申し訳ない気持ちでいっぱいになった。

その気持ちを押し殺し、できるだけ突き放すように告げる。

「どうもこうもないわ。でも、そういうことだから、もう私に近づかないでくれる？」

「そんな……」

拒絶されたことに、トラヴィスがショックを受けている。

悲痛な顔をする彼に、私の肩を抱き寄せていたオコーネル皇子が嘲笑うように言った。

「残念だったな。この女はお前ではなくこの俺、オコーネル様を選んだということだ」

「……オコーネル」

「サルーンの王子か何か知らないが、惚れた女のひとりもモノにできないとは情けない。この女もどちらが男として魅力的なのか理解したということなのだろう」

鼻高々に告げるオコーネル皇子だが、断じてそんなことは思っていないし、魅力云々《うんぬん》で言うのなら、彼への評価は地を這《は》っている。

トラヴィスと比べること自体、おこがましい。

だが、そんなことは口が裂けても言えない。

私はオコーネル皇子の婚約者で、彼の味方をするべきだからだ。そして味方ができないのなら黙

っているしかない。

「……ルル」

縋るような目を向けられたが、私に言えることは何もない。

逆にオコーネル皇子はますます調子に乗った。打ちのめされた様子のトラヴィスが面白くて仕方ないようだ。

「お前はこの女に求婚していたようだが、蓋を開けてみれば結果はこうだ。この女が選んだのは俺。その事実を嚙みしめ、自国に帰るがいい」

ここぞとばかりにオコーネル皇子は煽《あお》ったものの、トラヴィスはその煽りには乗らなかった。

ただじっと私を見つめる。

「……どうして」

血を吐き出すような苦しげな声に気づき、ハッと彼を見る。

紫色の瞳は悲しみに歪んでいた。

「トラヴィス」

「どうして僕じゃ駄目なんだ。こんな奴より僕の方がずっと君を愛しているのに」

「……」

「君はそんなにも僕のことが嫌だったの？」

違う。

そういうことではない。そういうことではないのだ。

黙って首を横に振る。彼は一歩前に踏み出し、己の胸を押さえながら言った。

「君のためならなんでもするよ。本当に好きなんだ。君がこんな男に奪われることを納得するなんてできない！」

「……納得できないと言われても、この結婚はお父様と皇帝陛下がお決めになったこと。私にはどうにもできないわ」

私に言えるのはこの程度だ。

この結婚が決して私の意思ではないということ。

王族として、父に従ったのだとそう告げた。

「そんな……」

悔しげにトラヴィスが拳を握りしめる。オコーネル皇子が大きな声を上げて笑った。

「ははは！　いい気味だ！　さあ、負け犬にはご退場願おうか！」

「……」

トラヴィスがオコーネル皇子を睨み、悔しげに身を翻した。走り去っていく背中を悲しい気持ちで見送る。

もう二度と彼に会うことはないだろう。

会うとしても、それはウェスティア帝国の皇太子妃としてだ。

今の王女としての私がトラヴィスに会うことは二度とない。

そう思った時、私は自分がいつの間にか彼を好きになっていたことをようやく自覚した。

間章　トラヴィス

――信じられない。

カツカツと廊下を歩く。とてもではないが、夜会に戻る気にはなれなかった。

頭が沸騰しそうに熱く茹《ゆ》だっている。

強い怒りに支配され、周囲のもの全てを壊して回りたい気持ちだ。

「……ルル」

愛しい人の名を呼ぶ。

先ほど起きたことが、現実のようには思えなかった。

僕が好きになった人。

綺麗で可愛くて、にんじんが嫌いなんて子供っぽいところもあるけれど、それもまた素敵だなと思ってしまうくらいに惚れ込んでいるルル。

その彼女の婚約が、会議最終日となる今夜、発表された。

相手はよりによって、ウェスティア帝国の皇太子オコーネル。

ルルの様子を見れば、決して嬉しそうには見えなかったから、彼女の意思でないことは分かるが、どうしてこんなことになったのだろう。

数日前、一緒に昼食を食べた時、こんな未来が来るなんて思ってもみなかった。

いや、思い返してみれば予兆はあった。帝城でオコーネルに会った時、彼女は明らかに様子がおかしかったから。

それまで機嫌良くしていたのに、急に全てを拒絶するような態度になったのだ。

オコーネルは「例の話」と言っていたが、今ならそれが婚約のことだと分かる。

「くそっ」

近くの壁に拳を打ちつける。八つ当たりをしているだけと分かっていたが、どうしようもない気持ちを何かにぶつけたかった。

怒りを吐き出すように首を振って、自室に戻る。

「今、戻った」

「お帰りなさいませ。ずいぶんとお早いお戻りですが、夜会はもう終わったのですか？」

沸々とした怒りを抱えたまま自室に入れば、帰国準備をしていた侍従や護衛として連れてきた兵たちが出迎えてくれた。

そんな彼らに短く告げる。

「今夜には発《た》つ」

「……殿下？」

「準備を急げ。一刻も早くサルーンに戻りたいんだ」

こんな国、一秒たりともいたくない。

オコーネルの高笑いが聞こえるようで酷く不快だった。

「……分かりました」

僕の声音から何かあると悟ったのか、侍従たちが頷く。

彼らが荷物を纏めている間、近くのソファに腰掛けた。

足を組み、呟く。

「……何故、あんな男と」

ギリギリと奥歯を噛みしめた。

ルルの結婚相手がオコーネルになったことが、いまだに納得できない。

だって僕はアンティローゼ国王に、ルルが欲しいと正式に申し出ていたのだ。

更に言えば、まだ彼女を口説いている最中。

そんな時にまさか別の相手との婚約発表があるなんて思うはずがないだろう。

しかも相手はウェスティア帝国の皇太子。

サルーンとウェスティア帝国なら力関係はほぼ同等。その二国が婚姻を申し出てきたのなら、普通選ぶのは自分たちを侵略しようとしてきた方ではない側だ。

アンティローゼがウェスティア帝国を恨んでいるのは、誰もが知っている。

いきなり戦争を仕掛けられて恨まないような国はないので、これは間違いないと思う。

そう、常識的に考えれば、僕を選んだはず。

それなのにアンティローゼの国王はウェスティア帝国を選んだ。

「……おかしい」

考えてみれば、最初彼女の父に求婚した時「ルルが頷けば」としか言われなかった。

あの時は、口説く許可がもらえたと喜んだが、あれはいずれこうなることを見越しての返答だったのかもしれない。

はっきり断れば角が立つ。だからルルが頷けばなんて言ったのだ。

あとで彼女に「絶対に頷くな」と言っておけば、それだけで話は済むし、そもそもルルが僕の求婚を断ったのも、今回の話があると分かっていたからかもしれない。

初めからアンティローゼ国王もルルも、ウェスティア帝国との婚姻しか考えていなかったのだ。

だけどその理由が分からない。

どうしてアンティローゼがウェスティア帝国を選んだのか。

どうして好きでもないオコーネルとの婚姻をルルが受け入れたのか。

王族なのだ。国のためと言われれば誰とでも結婚するというのは分かるが、それでももう少しマシな相手がいくらでもいただろうに。

――調べなければならないな。

「殿下、準備ができました」

考えに耽《ふけ》っていると、侍従が声を掛けてきた。

ソファから立ち上がり、告げる。

「分かった。それでは帰国しよう。――やることがあるんだ」

◇◇◇

「……なるほどね」

帰国した僕は、すぐさま部下たちを動かした。

サルーン王国は、情報戦に優れた国として知られている。

各国の弱みを握ることで、無駄な戦争を回避しているのだ。

アンティローゼに対しては小国であることと、戦争の傷からまだ立ち直れていないことから、特に情報を集めていなかったが、帰国後、徹底的に調べさせた。

アンティローゼ国王とルルが何を思ってウェスティア帝国との結婚を選んだのか、どうしてもその理由が知りたかったからだ。

絶対に僕が知らない何かがある。

彼らの様子を見て、それを確信していた。

そうして部下たちに調査を依頼し、一週間。提出された報告書を執務室で読んだ僕は、その紙の束を執務机の上に投げた。

「よくもまあ、このようなことができたものだ」

報告書に書かれていたのは、ウェスティア帝国の反吐《へど》が出るような所業だった。

僕たちは知らなかったが、彼らはアンティローゼとの停戦合意の折、当時十歳だったかの国の王太子を秘密裏に攫っていた。

彼を人質として使い、アンティローゼの反抗の意思を封じたのだ。

王太子を取られては、アンティローゼも抵抗できない。

停戦合意をした裏でそんな非道なことが行われていたなんて信じられなかったし、今まで他国に対し秘密にしてきたというのも気に入らない。

そして人質と聞いて、少し前にルルと共に帝都にある屋敷に侵入した時のことを思い出した。

屋敷から見えた人物に対し、ルルはかなり執着していた。

どうしてもその人物に直接会いたいのだと、無謀にも屋敷に突撃しようとしたのだ。

あの時のルルは妙に必死で、そんな彼女を見ていられなくて、思わず手助けをしたのだけれど。

「あれが、アンティローゼの王太子だったということか」

窓際に行き、外の景色を眺める。

十歳で攫われた王子。今は十七歳のはずだ。

屋敷の窓から見えた男はちょうどそのくらいの年頃だったから、彼がキース王子で間違いないだろう。

そしてキース王子だというのなら、ルルが事情を話せなくても当然だ。

報告によれば、どうやらウェスティア帝国はアンティローゼに王太子のことを誰にも言うなと口止めしていたようだから。

もし誰かに話せば、王子の命はないとでも言ったのだろう。

そんな風に脅されれば、アンティローゼ側が何もできなくなるのは当たり前で、彼女が事情を言いたくても言えなかったことがよく分かった。

「……ルル」

弟を人質に取られ、どんなに苦しかっただろう。

姉弟の再会がどのようなものだったのか、僕には分からない。

深入りして欲しくなさそうな雰囲気を感じ、屋敷では敢えて距離を取った場所で彼女を待っていたからだ。

彼女にとっては七年ぶりとなる弟との再会。

知っていればもっと色々してやれたのにと後悔の念しかない。

自分の不甲斐《ふがい》なさにどうしようもなく腹が立った。拳を握り、窓枠に叩きつけていると、侍従が執務室を訪ねてきた。

「殿下」

「なんだ」

「報告書の続きです」

「もらおう」

短く返事をし、書類を受け取る。

まだ報告することがあったのかと紙面に目を走らせていると、とんでもないことが書かれてあった。

「は？」

書かれていたのは、今回のルルの結婚についてだった。

彼女の結婚は、王太子の解放を願ったアンティローゼ国王が言い出したもの。

三国一の美姫と言われるルルを帝国の皇太子に差し出す代わりに、自国の王太子を返してもらおうという魂胆だった。

「……なんだそれ」

報告書をぐしゃりと握りしめる。

「こんなの単なる人質交換じゃないか」

結婚なんて耳触りの良い言葉で呼んでいるのが腹立たしい。

僕から見れば、犠牲者が王太子からルルに代わっただけ。

だがアンティローゼはなんとしても王太子を返して欲しかったのだろう。

何せアンティローゼにはキース王子以外に跡継ぎとなる人物がいない。だから王女よりも王子を優先した。それは国としてはどこまでも正しい。

「……ルル」

何故ルルが嫌がっていたオコーネルとの結婚を受け入れていたのか、ようやく理解した。

弟のために自分がオコーネルと結婚しなければならないと覚悟していたからだろう。

彼女は王族としての責務を果たそうと我慢していたのだ。

国のために王子や王女がその身を差し出すことは決して珍しい話ではない。

国王に命じられれば、頷くしかないだろう。

国王だって悪くない。

王太子を取り戻すための苦肉の策だと分かるから。

でも。

「――そんなの許せるはずがないよね」

それはアンティローゼ側の事情でしかない。

僕が退く理由にはなり得ない。

だって僕は一生に一度と思える恋をしたのだ。

その恋心を黙って押し潰すなんて真似、長年愛せる人を探し続けてきた僕がするはずないではないか。

「絶対にルルを取り戻す」

事情が分かればこちらだってやりようはある。

「まずは、父上に報告に行かないと」

足早に、自分の執務室を出る。

頭の中は恐ろしいほど冷えていた。

その足で父のもとへ向かう。父は執務室で仕事をしていたが、僕を見ると「どうした」と手を止めた。

「何かあったのか、トラヴィス。ずいぶんと怖い顔をしているようだが」

そう言って僕を見る父は、かなりの高齢だ。

髪に白髪も交じっているし、この間、自分でも体力がなくなってきたと嘆いていた。

最近では僕が執務の大半を任されることが多く、そろそろ父が譲位を考えていることは勘づいている。

今回の四カ国会議に僕だけで行かせたのも、その布石なのだろう。

「……」

にこにこと笑う父を見つめる。

年を取ってからできた子供ということもあり、父は僕をかなり可愛がっていた。

お願いすれば大概のことは聞いてくれるのだから相当だと思う。

もちろん、やりすぎは駄目なので『ここぞ』という時にしかお願いはしないが、今がその『ここぞ』という時だと分かっていた。

「父上、お願いがあります」

「……聞こうか」

僕の顔を見た父が、側にいた宰相と侍従たちに退出するよう指示を出す。

宰相たちは一礼し、下がっていった。

扉が閉まり、ふたりきりになる。

父が顔をこちらに向け、聞いてきた。

「それで？　願いというのは？」

「これから僕のすることを黙って見ていて欲しいんです」

「？」

父が怪訝な顔をする。

僕は手短にこれまでの経緯を父に話した。

ルルの置かれている現状を伝えると、父は眉を寄せる。

「……手紙に書いてきておったアンティローゼの姫君だな。お前がどうしても結婚したいという」

「ええ」

「自身で選んだ相手と結婚したい。お前のお願いだったな。約束を反故《ほご》にするつもりはないが、想い人はウェスティア帝国の皇太子と結婚するのだろう？」

「それを僕が許すとでも思いますか？　父上」

「……」

僕の顔を見た父が黙り込む。何を言っても聞かないと分かったのだろう。

そんな父に笑顔を見せる。

「ですから『黙って見ていて欲しい』と言ったんですよ。僕は必ずルルを連れてくる。それまで……ちょっと色んなことをすると思いますが、知らぬ存ぜぬを貫き通して欲しいんです」

「言われずとも、お前のすることなど知らないし、知りたくもないな。……分かった。好きにするが良い。ただし、必ず成功させることだ。サルーン王国の王太子に『失敗しました』は許されない。

分かっているな？」

「もちろんです」

厳しい視線が向けられたが、僕は笑って頷いた。

もとより、ルルを奪い返すことしか考えていないのだ。

失敗なんて、ありうるはずがなかった。

◇◇◇

父に話をつけた僕は最低限の護衛だけを連れて、ウェスティア帝国ではなく、ヴィルディング王国へと向かった。

大勢の兵を連れて帝国へ乗り込めば、最悪宣戦布告と見なされる。

それは避けたかったからだ。

だが、数人の護衛だけでは戦力が足りない。

強力な助っ人が欲しいと考えた結果、適任がひとりいると気がついた。

「やあ、マクリエ。話があるんだ」

「……嫌な予感しかしないである」

王太子であるマクリエを訪ねると、帰国したばかりだった彼は渋い顔をしながらも自室へ通してくれた。

なんとなく事情を察知しているのか、僕が頼む前に侍従や女官を下げる。

さすがマクリエだ。

「話が早くて助かるよ」

「かの姫の婚約発表直後に、青い顔をしたお主が帰国した話は聞いているのである。絶対に何かやらかすと思っていたであるがこうして訪ねてきたということは……まさか拙者を巻き込む気ではあるまいな」

「大当たり。さすが僕の親友だ」

「……とりあえず、話してみるである。協力するか否かはそのあとに」

「分かった」

順序立てて、これまでのことを説明する。

ウェスティア帝国がアンティローゼの王太子を人質に取っていることを告げれば、正義感の強いマクリエは義憤を覚えたようだった。

「なんというクズなやり口。ウェスティア帝国とアンティローゼ王国の停戦は我がヴィルディング王国が仲介を務めたのだぞ？　停戦合意の文面に人質の話は一切なかったと記憶している！　それなのに我々の知らないところで、よりによって王太子を人質にしていたなど、到底許される所業ではないわ！」

「そうだよね。しかもそれをアンティローゼには黙っているよう強いていたわけだよ。言うことを聞かなければ王太子がどうなるか分からないんじゃあ、アンティローゼは従うより他はない。全く酷い話だと思うよ」

「……なんという」

「七年経っても王太子を返してもらえないんだからね。いい加減、アンティローゼ側としても困ったんだろう。だから今回、ルルを差し出す代わりに王太子を返して欲しいと訴えたわけだ」

「なるほど。その結果がルルーティア王女とオコーネル皇子の婚約発表というわけであるか」

「そ。アンティローゼ国王の訴えをウェスティア帝国側が呑んだんだよ。まあそうだろうね。ルルは三国一の美姫として有名な美女だ。それに小国とはいえ、血統好きのウェスティア帝国も認める生粋の王族だし、人質としての価値もまあまあある。ウェスティア帝国が断る理由はどこにもないと思うよ」

吐き捨てるように告げる。マクリエが僕を見てきた。

「――それで？　トラヴィスはなんのために拙者を訪ねてきたのであるか？」

「決まってる。協力して欲しいからだよ。こんな結婚はブチ壊したい。そのために君の力を貸して欲しいんだ」

真っ直ぐ、マクリエの目を見て告げる。彼は目を瞬かせると、にっこりと笑った。

「よかろう。ウェスティア帝国のやり口は気に入らない。それに、あの姫は拙者の筋肉に肯定的であった。友を助けることにもなる。このマクリエ、全力でトラヴィスに協力しようではないか」

「ありがとう、助かるよ」

「……間に入ったヴィルディング王国を謀《たばか》り、人質を取ろうなど言語道断。父上も拙者がトラヴィスに協力することを止めはしないだろう」

沸々と湧き上がる怒りを隠しきれないのか、マクリエのこめかみには血管が浮き出ていた。

だが気持ちは分かる。

八年前のウェスティア帝国とアンティローゼ王国の戦争。停戦の仲介役を務めたのは彼の父だ。

どちらにも不利にならないようヴィルディング王国の国王はかなり骨を折っていたと聞いている。

それが裏で勝手にアンティローゼから王太子を人質に取っていたなど、許せる話ではないだろう。

マクリエが背を向ける。

「しばし待て。父上に許可を取ってくるゆえ」

「うん。でも別に軍を借りたいとかじゃないよ。君だけ来てくれればいいんだ」

「……ほう？」

扉に手を掛けていたマクリエがこちらを向く。そんな彼に言った。

「あまり派手に動く気はないんだ。作戦は考えてある。……ウェスティア帝国の皇帝と皇太子が何も言えなくなるところ、見たくない？」

「それは……見たいであるな」

マクリエが正直に答える。僕はにやりと唇の端を吊り上げた。

「任せて。僕を――サルーン王国を怒らせたことをきっちり後悔させるつもりだから」

己の手のひらに拳をぶつける。

ルルを取り戻すためなら使える手段はなんでも使う。

これは、そのための根回しなのだ。

◇◇◇

父王の許可を取ったマクリエを連れ、ウェスティア帝国へと舞い戻った。

とはいえ、王子として堂々と訪れたわけではない。

一般人に扮《ふん》して帝都入りをしたのだ。

帝都は開門時間内であれば、何者でも入ることができる開かれた都。

しかも同行者も最低限に抑えてある。

特に目立つことも咎められることもなく、少し前まで滞在していた都に戻ることができた。

「それで？　どうするつもりであるか？」

大通りから逸れた人通りの少ない場所で、マクリエが鋭く僕に聞いてくる。

彼の他には僕の護衛がふたりと彼の護衛がふたり。総勢六人しかいない状況だ。

もちろん連れてきた護衛は精鋭ではあるが、この少人数で何ができるのか、マクリエも護衛たちも不安そうだった。

そんな彼らに言う。

「まずは、問題になっているところを押さえてしまおうと思うんだ」

「問題になっているところ、であるか？」

聞き返してくるマクリエに大きく頷く。

「そもそもアンティローゼが今回、ルルの婚姻を提案したのは、王太子を返して欲しいからだ。でもその人質がいなくなれば、アンティローゼがウェスティア帝国と友誼《ゆうぎ》を結びたいなんて思うはずがない」

「それは確かにそうであろうが……アンティローゼの王太子がどこに隠されているのかという問題があるであろう。今から調べるにしても時間がないし、ヒントもない状態では難しいと思うのであるが」

マクリエの反論に護衛たちも頷く。

そんな彼らに告げた。

「大丈夫。王太子の居場所なら分かっているから」

「何っ⁉」

「偶然、知る機会があったんだよね。まさかアンティローゼの王太子だとは思わなかったけど、間違いないと思うよ」

帝都の屋敷にいた、まだ少年と言っていい年齢の子供。

ルルがあれだけ必死になっていたのだ。髪や瞳の色合いもルルと同じだったし、歳も十代後半といった感じだった。

厳重に警備をしていた様子からも彼がアンティローゼの王太子キースで間違いないだろう。

「……アンティローゼの王太子の居場所が分かっているのであるか」

「うん。でもウェスティア帝国側は僕が、彼の居所を知っていると気づいていない。だから油断しているうちに、助け出してしまおうと思うんだ」

「……ほう」

「警備は厳重だったけど、場所は帝城ではない普通の屋敷だ。しかも警備に当たっていた帝国兵たちは精鋭と呼べるようなものではなかった。ただ数がいるだけ。それならやりようはいくらでもある」

断言すれば、マクリエたちは驚きながらも頷いてくれた。

「なるほど。気づかれないうちにアンティローゼの王太子を助ける、か。確かに場所が分かっているのであれば、効果的な方法だ。拙者たちが少人数なのもそれが理由か？」

「まあね。大挙して押し寄せれば目立ってしまうでしょ？　少人数で急襲し、一気に目的を果たす。そのために精鋭を連れてきたし、マクリエ、君に協力を依頼したんだ」

マクリエは見た目通り、戦闘においてかなり頼りになる男なのだ。

一騎当千とまではいかなくても、ひとりで十人くらいなら余裕で倒せる。

「僕たちで一気に乗り込み、屋敷を制圧し、キース王子を助け出す。やれるね？」

「任されよう」

マクリエが顔を引き締め、頷く。

話を聞いていた護衛たちも納得したのか、真剣な顔つきになった。

皆を見回し、告げる。

「では、始めよう。アンティローゼ王太子、奪還作戦開始だ」

◇◇◇

「……兵士が少ない」

アンティローゼの王太子が囚われている屋敷へ向かい、様子を窺う。

帝国兵が固めているのは変わらないが、以前ルルと行った時よりも数がかなり減っていた。

「……四カ国会議が終わったからかな」

万が一にも、王太子を取り返されては困るということだったのだろう。

皆が帰国し、婚約発表もしたからだろうか、前回見た時の半分くらいになっていた。

警戒度が下がったと判断してよさそうだ。

「こちらとしては助かるか。マクリエ、いける？」

僕の隣で様子を窺っているマクリエに尋ねる。

「無論。あのレベルの兵なら、何百人いようが話にならん。拙者の筋肉の餌食にしてくれるわ」

「頼もしいな。じゃ、頼むよ」

「任されよう」

マクリエが頷き、ゆっくりと正門前で警備をしている帝国兵たちに近づく。

彼らは突然現れたマクリエに困惑の目を向けていた。

「なんだ、お前は。ここは皇帝陛下管轄の屋敷。平民が近寄るでないわ」

「ほほう。――だが、推して参る！」

「なん……ぐわアアッ！」

「ふぬう‼」

マクリエが拳を振るう。筋肉が唸《うな》り声を上げ、帝国兵を吹き飛ばした。

凄まじい威力のパンチに、周囲にいた帝国兵たちがギョッとしつつも集まってくる。

「な、なんだ……帝国に逆らうのか……あ、その格好、ヴィルディング王国の……」

「ふんっ！」

「があっ……！」

相手が台詞を言い終わる前に、マクリエの拳が再度炸裂《さくれつ》した。三人が一気に吹き飛んでいく。

屋敷の中から援軍が出てきたが、マクリエはそれらも容赦なく殴り飛ばした。

相手が剣を持っていようが関係ない。

敵は全て殲滅《せんめつ》するという勢いすら感じた。

それを見ながら大いに頷く。

「うん。やっぱりマクリエを連れてこようと思った僕の選択に間違いはなかったな」

この活躍を期待していたから連れてきたのだけれど、想像以上だ。

屋敷の中から次々に兵士たちが出てくるが、マクリエはその全てをなぎ倒していく。

すでに十人以上が倒れており、マクリエの無双状態だった。

「すごいな」

感心しきりで彼を見ていると、マクリエが振り返った。

「何を冷静に呟いているのであるか。ここは任されたから、お主は目的を果たすのである」

「おっと、了解」

呆れ顔のマクリエに指摘され、苦笑する。

残った四人の護衛たちにも言った。

「君たちもマクリエを援護して。ひとりは僕についてきてくれるかな。露払いを頼みたい」

「承知しました」

うちの国から連れてきた護衛をひとり供にし、帝国兵を蹴散らすマクリエの側を通り抜ける。

開きっぱなしの扉を潜り抜ければ、中は空っぽ状態。

これ幸いと二階へ向かった。ルルの弟がいた部屋は覚えている。

「殿下！」

「うん、頼んだ」

二階に上がると、キース王子の部屋の前にいた帝国兵がこちらに気づいた。護衛が前に出たので戦闘を任せる。

ふたりが戦い始めたことで、キース王子の部屋の扉の前には誰もいなくなった。

躊躇《ちゅうちょ》なくノブを回したが、開かない。

鍵がかかっていることに気づいた僕は、思いきり扉を蹴った。

多少乱暴ではあるが仕方ない。時間をあまり掛けたくないのだ。

当たり所が良かったのか、上手く蝶番《ちょうつがい》が外れ、扉が中に吹っ飛んでいく。

「よし」

壊れた入り口から中に入る。

質素な部屋の中心には、唖然としている少年がひとり立っていた。

ルルと同じ、金色の髪に青色の瞳。中性的な雰囲気がある彼は僕を見ると、身を固くする。

「だ、誰……」

「乱暴な真似をしてすまない。君を助けに来たよ」

「えっ……!?」

助けという言葉に少年が反応する。ポカンとした顔は、僕の大好きなルルと少し似ていた。

身長は低く、十七歳と聞いているが、かなり幼く見える。

「……君、アンティローゼのキース王子だろう?」

「え、ええ」

少年が頷く。

一体、今、何が起きているのか分からないという顔だ。

「あ、あなたは誰、ですか?」

警戒しているのだろう。身体を強ばらせ、こちらを見てくる。

そういえば自己紹介をしていなかったと気づき、名乗ることにした。

「僕はサルーン王国の王太子トラヴィス。信じてくれと言われても難しいかもだけど、敵じゃない。今言った通り、君を助けに来たんだ」

「サルーンの……トラヴィス王子。あ、あの姉上を助けてくれた？」

「？　ルルから話を聞いているの？」

キース王子がハッとした顔になって僕を凝視する。

ルルの名前を出すと、彼は大きく頷いた。

「はい。前に姉上が来てくれた時にあなたのお名前を出していたので……。その、僕を助けに来たというお話ですけど、どういう意味でしょう。僕はアンティローゼのためにもここにいなければならないのですが」

自分が人質であることをよく理解している発言だ。

見た目は幼くても聡明《そうめい》なのだろう。

「君がそう思うのも分かるけど、その選択は悪手だよ。何せそのせいでルルがオコーネルに嫁ぐことになってるんだからね」

「え」

動けないと悲しげに告げたキース王子がギョッとした顔になった。

こちらに駆け寄り、僕の上衣を握る。

「ど、どういうことです。姉上がオコーネル殿下に嫁ぐって……」

「そのままの意味だよ。君の父親、アンティローゼ国王は、君の身柄と引き換えにルルを帝国へ引き渡すことを決めたって話。一応、次期皇帝の妃ではあるけどね。実際のところは君の代わりの人質でしかないってことは、分かるだろう？」

「……姉上が、僕の代わりに？」

「そ。国を継ぐ者がいないと困るアンティローゼとしては、止むに止まれぬ決断なんだろうね。でもさ、君はどう思う？　対等なはずの停戦合意の裏側で君を攫い、人質にしてしまう帝国が、本当に約束を守るかな」

「……」

キース王子が目を見張る。僕は淡々と続けた。

「七年、何を言われても君を返さなかった皇帝が、ルルをもらったからと素直に君の身柄を戻すかな。正直、僕は信じていない。ルルが嫁いだところで、なんやかんやと理由をつけて、帝国は君の身柄を保持し続けると疑ってる」

「それ……は」

「ルルも君も両方もらっておこうって考えるのがウェスティア帝国の皇帝だよ。君も七年もの間、ウェスティア帝国に囚われていたのだから分かるよね」

「……」

キース王子は答えない。ただ俯き、唇を噛みしめている。

そんな彼に僕は手を差し出した。

「だからさ、迎えに来たんだ」

「え」

「一緒に行こう。君がいなくなれば、アンティローゼが帝国に従う理由はなくなる。君だって、祖国が自分のせいで帝国の言いなりになっているのは嫌だろう？」

「それは……そうですけど、でも、僕がいなくなったと知られたら、帝国は怒るのではないでしょうか。勝手なことをしたとアンティローゼに攻撃の矛先を向ける。アンティローゼには、もう一度戦争をする余力などないのです。しかも、それが僕のせいで起こるなんて……」

耐えられないと拳を握るキース王子を見つめる。

七年、祖国に帰れなくても、彼はきちんとアンティローゼの王子だった。

それに感心しつつ、口を開く。

「大丈夫。もし何かあっても、問題ない。僕の国が後ろ盾になるから」

「え」

「僕の国、サルーンはウェスティアとやり合える。更に言うなら、うちが出てきたと知れば、彼らは行動を起こさない。いや、起こせないんだ。それだけのものを僕たちは握ってるからね」

安心させるように、にこりと笑う。

こちらを縋るように見つめてくるキース王子にもう一度手を差し伸べた。

「だからさ――僕を信じて」

「……」

パチパチと目を瞬かせ、キース王子が僕を凝視してくる。

その顔がふっとほころんだ。

手を伸ばし、僕の手を摑む。

「……分かりました。信じます。だってあなた、姉上のことが好きなんでしょう?」

「え」

キョトンと彼を見る。キース王子はふわりと笑った。

「分かりますよ。だってそうでなくて、どうして余所の国の王子のためにここまでできるんですか。違うと言われた方が怖いです。意味が分からなくて」

「えーっと」

「僕を助けるって、かなりのリスクだって分かりますから。それができるほど姉上のことが好きなのでしょう?」

そんなに分かりやすかっただろうか。

なんとなく気まずくて頰を搔く。

「うん、まあ。……愛してる、かな」

「やっぱり」

納得したという風にキース王子が頷く。そんな彼に申し訳ないと思いながらも告げる。

「でも、両想いとかではないよ。ルルには受け入れてもらえてないんだ。いつだって塩対応で……まあそんなところも大好きなんだけど」

「塩対応ですか」

「残念ながら僕は好みではないらしくて。もちろん諦めるつもりは毛頭ないけどね」

困ったと肩を竦ませる。興味が出てきたのかキース王子が聞いてきた。

「あの、ちなみに姉上のどこが好きとか聞いてもいいですか？」

「構わないよ。最初は一目惚れ。でも、困っている僕に仕方ないって言って手を差し伸べてくれる優しさとか、七年会っていない弟のために必死になるところとか……ああ、そうだ。彼女の笑顔もとても可愛いと思うよ」

ルルの笑顔を思い浮かべながら告げる。

キース王子は黙って聞いていたが、やがて「そうですか」と頷いた。

「ありがとうございます。教えていただいて」

「少し照れくさいけどね。僕の気持ちに嘘はない」

「はい、信じます」

はっきりとそう言い、キース王子が僕を見上げてくる。その目には先ほどまでにはなかった信頼にも似た感情が浮かび上がっていた。

それを心地好く感じながら彼に言う。

「行こう。皆が時間を稼いでくれている」

「はい」

キース王子の手を引き、部屋の外に出る。

長い軟禁生活を強いられていたのだ。走れるか不安だったが、その心配は必要なかった。

廊下に出ると、帝国兵を昏倒《こんとう》させた護衛が僕に気づき「殿下！」と声を掛けてくる。

「目的は！」

「済ませた！　撤収する！　援護を」

「はっ！」

キース王子を連れ、階段を下る。

途中、キース王子に気づいた帝国兵たちが僕たちを止めようとしたが、護衛が全員気絶させた。

やはりこの屋敷に置かれている兵士は、皆、練度が低い。

前に感じた通りだったと思いながら外に出た。

「おお、ようやく出てきたであるか」

「……うわ」

開いていた門から飛び出すと、そこにはマクリエが待っていた。

彼の周囲には気絶した帝国兵たちが何十人もいる。

この全員を倒したのかと呆れたが、彼は物足りないようだった。

「あと百人くらいいてもよかったであるが……撤収か？」

「そうだね。用事は済ませたし、騒ぎになる前にこの場を離れよう」

この感じなら屋敷にいた帝国兵はおそらく全員倒しただろう。

「他の護衛たちも全員無事？」

周囲を見回して声を掛けると、異口同音に『無事』との答えが返ってきた。

どうやら全員、殆ど怪我《けが》もしなかったようである。そのことにホッとしていると、マクリエが難しい顔をして言った。

「トラヴィス」

「何？」

「……倒した帝国兵のひとりに聞いた。今日の午後、ルルーティア殿とオコーネルの婚約式があるらしい」

「え……？」

聞かされた話にギョッとする。

僕と手を繋いでいたキース王子も目を見開いていた。

マクリエが僕を強い目で見据える。

「今から行けば間に合う。あとのことは拙者たちに任せて、婚約式をブチ壊してくるのである」

「マクリエ……」

ブチ壊すとはまた恐ろしいことを言うものだが、マクリエは笑って言った。

「最初にブチ壊したいと言ったのはお主だろう。それとも愛しのルルーティア殿がオコーネルと正式に婚約しても構わないとお主は言うのか？」

「言うわけないでしょ。ルルがオコーネルと婚約とか吐き気しかしないんだけど」

「ならば行け。それとも、キース王子を取り戻す他に、まだ準備は必要か？」

それなら早く言えとマクリエが僕を見つめてくる。

その目を見て、破顔した。

「分かった。行かせてもらうよ」

「それでこそ拙者の友人である」

「キース王子のこと、頼んでもいいかな」

「無論。ヴィルディング王国の王太子として責任をもって預かろう」

「……！　ヴィルディング王国の王太子……」

驚いた顔でキース王子がマクリエを見た。そんな彼に告げる。

「うん。彼はヴィルディング王国王太子マクリエ。僕の友人だよ。……キース王子。君を彼に預けていくけど構わないかな」

知らない人に預けられるのは怖いだろうか。

そう思ったのだが、キース王子は果敢にも首を縦に振った。

「はい。大丈夫です。だってヴィルディング王国といえば、アンティローゼがウェスティア帝国との停戦の折、お世話になった国。信用できます」

「うん、そうだったね」

力強い言葉に微笑みが漏れる。

ルルの弟がものすごく素直な良い子で、正直驚いていた。

七年もの間、軟禁状態にあって、ここまで真っ直ぐ育つことができるなんて、これは本人の資質がかなり大きいのだろう。

この少年が、将来のアンティローゼの国王になるというのは悪くないと思ったし、彼に約束した通り、全力で守ってやってもいいと思えた。

「トラヴィス殿下」

キース王子が僕の名前を呼ぶ。

僕は少し屈み、彼の目線に合わせた。

「何かな」

「姉上を、よろしくお願いします」

「っ……」

言われると思わなかった言葉を告げられ、絶句した。そんな僕に彼は微かに笑う。

「姉上がウェスティア帝国の皇太子に嫁ぎたいと思っていないことくらい分かります。僕のために我慢してくれようとしているんですよね」

「……そう、だね。一度、オコーネルに迫られているルルを助けたことがあったけど、彼女はとても嫌がっていた」

ルルがオコーネルに絡まれていた時のことを思い出す。

彼女は顔を歪め、本気で嫌がっていた。あの時の彼女の様子が嘘だとは思わない。

「姉上に、僕の犠牲になって欲しくないんです。会ったのは七年ぶりだったけど、姉上は本当に僕のことを想ってくれていた。姉上が望まぬ婚姻を、他ならぬ僕のせいですること、それがどうしたって許せない。だから」

言葉を句切り、キース王子が頭を下げる。

「姉上には幸せになって欲しい。そして、まだ会って短いけれど、あなたならそれを叶えられると思えるから。……姉上を、お願いしてもいいですか?」

「もちろん。僕の全力で彼女を幸せにすると誓うよ」

まだ好きにもなってもらえていない僕だけど、彼女を想う気持ちは本物だから、約束はできる。

「お願いします」

「任せて」

キース王子の言葉に頷きを返し、帝都内からならどこからでもよく見える帝城に目を向ける。

今からあの場所に乗り込み、ルルを取り返さなければならない。

なかなかに難しい話だとは分かっていたが、僕は絶対にやり遂げるつもりだった。

第六章　大好きな人

オコーネル皇子との婚約を発表してから、十日ほどが過ぎた。

四カ国会議に出席していた面々は帰国。私も帰りたかったが、婚約式をするまで帰国を禁じると言われ、父と一緒に帝城へ残ることとなった。

その婚約式は今日、帝城の謁見の間を使って執り行われる。

「……」

姿見に映る己を無感動に見つめる。婚約式のために用意された白いドレスを着た女は、それなりに美しく仕上がっていたが、表情が全てを台無しにしていた。

――なんて酷い顔。

好きでもなんでもない男に嫁ぐのだから当たり前だとは思うが、それにしても酷すぎる。

身支度を手伝っていたナリッサも同じことを思ったようで、おそるおそる口を開いた。

「あの、姫様。もう少しお幸せそうな顔をしていただけませんか？」

「政略結婚なのだもの。ある程度は仕方ないと思わない？」

「仕方ないって……」

「王族としての義務は果たすわ。婚約式ではちゃんと笑顔になってみせる。……せめて誰も見ていないところでは本当の私でいたいのよ。それすら許されないというのなら、ここでも笑ってみせるけど」

「そんなことする必要はありません！　姫様が、ウェスティア帝国の皇太子殿下と結婚したくない気持ちはよーく分かりますから！」

「え」

何を言っているのかとナリッサを見る。

彼女は気の毒そうな目で私を見つめていた。

「ウェスティア帝国の皇太子殿下がどのような方か私は存じ上げません。国王陛下の決めた結婚に口を挟むことだってできません。姫様も納得しておられるのなら尚更《なおさら》。……でも、好きな人以外と結婚するんですから嫌だって思いますよね。分かります」

幸せそうな顔をしろなんて言って、すみませんでした、とナリッサが続ける。

「えっと……ナリッサ？」

「姫様はトラヴィス殿下がお好きなんですものね。どうして陛下がトラヴィス殿下ではなくオコーネル殿下を選ばれたのかは存じませんが、酷い話もあるものだって思います。姫様のためにトラヴィス殿下を選んで差し上げればよかったのに……」

はあ、と小さく息を吐くナリッサをまじまじと見つめる。

「……あの、トラヴィスを好きって……」

「お好きですよね？　姫様は頑として否定されていましたけど、見ていれば分かりますよ。トラヴィス殿下の話をしている時の姫様ってば恋する乙女って感じでしたし、だから上手くいけばいいなって思っていたんです」

「……そう」

天を仰いだ。

自分ではなかなか気づけなかった恋心。それをナリッサに見抜かれていたことが恥ずかしかったのだ。

「……私、好きではないと言ったわよね？　筋肉もないって。それでも？」

「恋ってそういうものではないんですよ。気づいた時には落ちている。好みとかけ離れた人を好きになるとか普通にありますよ。その気がなくても付き合っていくうちに新たな一面を知って惚れる、なんてこともありますしね。姫様もその口でしょう？」

「……」

ナリッサの分析が的確すぎて、何も言えない。

確かに私はトラヴィスという人を深く知るようになったからこそ好きになった。

軽薄だと思ったのは最初だけ。

ダンスの時には実は頼りになる人だと思ったし、オコーネル皇子から助けてくれた時には優しい人だと感じた。キースに会わせてくれた時なんかは頼りがいがあるだけでなく気遣いもできる人なんだと知った。

そして気づいた時にはすっかりトラヴィスに惹《ひ》かれていたのだ。

今なら、彼の手を取れたらどれだけよかっただろうと素直に思える。

とはいえ、言っても意味のないことだ。

私はトラヴィスではなく、オコーネル皇子と結婚するのだから。

弟の身と引き換えに。

「入るぞ」

重い石を呑み込んだような気持ちになっていると、ノックもなく扉が開いた。

入ってきたのは礼服に身を包んだオコーネル皇子だ。

姿勢も良く、顔立ちも整っているので礼服姿も様になっているが、露ほども心は動かない。

好きどころか嫌悪を覚えている相手なのだから当然だと思う。

「……オコーネル殿下」

ノックくらいできなかったのかという気持ちになりながらオコーネル皇子を見る。

彼は私を頭の天辺《てっぺん》から爪の先まで舐めるように見ると、満足したように頷いた。

「さすがは三国一の美姫。この俺の花嫁に相応しい美しさだ。婚約式、失敗は許されないぞ。分かっているだろうな？」

「……はい」

視線を向けられ、頷いた。

オコーネル皇子がニヤニヤと嫌な笑みを浮かべながら告げてくる。

「今宵《こよい》は覚悟しておけ」

「えっ……」

ハッと顔を上げる。オコーネル皇子の黒い目と視線がかち合った。

「今日、お前は俺の正式な婚約者となる。ならば抱いても構わないだろうということだ」

「それは……」

「前回抱き損なった分も抱いてやる。精々、身体を磨いておくことだな」

「……」

逃げるなと言外に宣言され、絶句する。

今日、婚約式を行い、正式に婚約を結ぶことは承知していた。

だが、まさか妻としての務めを要求されるとは考えていなかったのだ。

婚約式が終われば国に戻って、結婚式まではオコーネル皇子と離れていられる。だからそれまでに心の準備をできたらなと勝手なことを思っていた。

ついでに気づいてしまったトラヴィスへの恋心をどうにかしようとも。

この恋心を抱いたままでは、結婚したところで辛いだけ。結婚式まで一年ほど時間があるから、それまでになんとか彼のことを忘れるのだと決意していた。

「あ、あの……殿下。私、婚約式が終わればアンティローゼに帰国予定なのですが……」

もしかしてオコーネル皇子は知らないのだろうか。

そう思い、このあとの予定を告げると、彼はわざとらしく嘲笑った。

「おいおい、まさか俺がお前を返すとでも思ったのか？　自由に抱ける女を手に入れて手放すはずがないだろう。式を挙げる時までには、自分から俺を求めるよう躾《しつ》けてやるつもりだ。ああいや、それまでに孕《はら》むやもしれんな。何せ婚約者だ。避妊する必要もないだろう」

「……っ」

「毎晩可愛がってやるから笑顔で迎え入れろ。分かったな？」

あまりにおぞましい言葉を言われ、身体が硬直した。

この男は、結婚前に私を孕ませると言っているのだ。

さすがに聞いていられないと思ったのか、ナリッサが口を開いた。

「恐れながらオコーネル殿下。姫様は今までそういうこととは縁遠かったお方なのです。いきなりそのようなハードな真似は、姫様の精神がもたないかと……」

「女官風情が俺の方針に口答えするな。次に言ってみろ。その命、ないと思え」

「っ……」

厳しい言葉にナリッサが怯む。だが彼女を見たオコーネル皇子はがらりとその声を変えた。

「ほう、よく見ればお前、なかなかいい身体をしているな。ふむ、お前がどうしてもと言うのなら、その身を差し出せ。そうすればその女を可愛がる頻度も少しは下がるやもしれんぞ」

どうやらオコーネル皇子はナリッサの胸に目が行ったようだ。

いやらしい目つきにナリッサが泣きそうになる。

慌てて彼女の前に立った。

「おやめくださいオコーネル殿下。その……可愛がってくださるのは私だけではないのですか？　他の女もというのはさすがに婚約者を前にして言っていい言葉とも思えません」

「ほう？　嫉妬か？」

笑いの交じった声に吐き気がすると思いながらも肯定する。

「夫に他の女を抱いて欲しいと思う妻はおりません」

「なるほど。確かにそうだな。いいだろう。お前が俺を満足させられているうちは、その女に手出しはせん」

「ありがとうございます」

なんとかナリッサを守れたとホッと息を吐く。

私の問題にナリッサまで巻き込むわけにはいかないと必死だった。

ナリッサが「姫様……いけません」と服の裾を掴む。その手を優しく握った。

「ありがとう。でも大丈夫よ。……オコーネル殿下は私の夫になる方なのだし、望まれるのならこの身を差し出す用意はあるもの」

首を横に振り、もういいのだと告げる。

振り返り、オコーネル皇子を見た。

「……オコーネル殿下。お伺いしたいことがあります」

「なんだ」

「……例のお約束は守っていただけるのでしょうね？」

言外に弟のことを告げる。

オコーネル皇子は鼻で笑うと私に言った。

「その件なら、お前が俺に抱かれればすぐにでもと約束してやろう」

「……分かりました。今夜、お待ちしています」

オコーネル皇子に向かって頭を下げる。

私が抱かれれば弟は返してもらえる、そしてナリッサにも手を出されない。

それならもう私がやることはひとつしかなかった。

——大丈夫。どうせ、結婚すれば抱かれることになるのだもの。

少し早いか遅いかだけの違いだ。

込み上げてくる吐き気には気づかない振りをする。

約束を取り付けたオコーネル皇子が機嫌よさげに腕を差し出してきた。

「時間だ。謁見の間へ向かうぞ」

「はい」

「姫様……」

泣きそうな顔でナリッサが私を見てくるが、彼女に言えることは何もない。

ただ黙ってオコーネル皇子に従い、部屋を出た。

◇◇◇

「そういえばだが」

謁見の間に向かって廊下を歩いていると、オコーネル皇子が思い出したように話し掛けてきた。無視したと思われるのも億劫《おっくう》なので返事をする。

「はい。なんでしょう」

「お前、にんじんが嫌いなのか」

「えっ……」

オコーネル皇子の口から出てきた『にんじん』という言葉に顔を上げる。彼は冷たい目で私を見ていた。

「昨日、父上たちと一緒に食事をしただろう。その際に気づいたのだ。隠しているようだが、にんじんを食べている時、多少の躊躇いがあった。好き嫌いがあるなど王族として情けないとは思わないのか」

「あ、あの……それは……」

オコーネル皇子の言うことは間違ってはいない。

確かに昨夜、婚約式前日ということで、私の父と皇帝、第一皇妃、オコーネル皇子という面々で集まり、晩餐《ばんさん》を取った。

その際、出てきたキャロットスープを私は内心泣きそうになりながらも完食したのだけれど、どうやらそれをオコーネル皇子に見られていたらしい。

いつもの味のしない必殺技を使ったのだが、それでも態度に出ていたのだろうか。

昨日のスープはにんじん味が強くて結構厳しかったから、そのせいかもしれない。

でも――。

――オコーネル殿下にだけは偉そうに言われたくないのよね。

蔑んだ目でこちらを見るオコーネル皇子に、舌打ちをしたい心境に駆られる。

確かにオコーネル皇子の言う通りだし、それについて否定する気はないが、言わせてもらいたい。

彼の方がもっと酷かったのだ。

おそらく彼はコーンが嫌いなのだろう。出てきた時はこちらに聞こえるくらいの舌打ちをしていたし、一切手をつけなかった。

嫌いという態度を隠しもせず、食べることすらしなかったのだ。

そんな彼に、とやかく文句を言われたくない。

我慢できず、思わず告げる。

「……オコーネル殿下もコーンを残していらっしゃったようですが」

嫌でも我慢し、完食した私の方がまだマシ。そう思ったからこそ出た言葉だった。

私の指摘にオコーネル皇子が嫌そうな顔をする。

「お前。俺のすることにケチをつける気か」

「いえ、ケチというわけではなく」

「俺とお前では立場が違う。俺は次期皇帝となる尊い身。食べるものを選択する自由があるのだ」

——は？


何を言っているのか、この男は。

次期皇帝だから好き嫌いもＯＫ、全て自分に従えと告げる男にげんなりする。

呆れ返っていると、彼は傲岸不遜に言ってのけた。

「だがお前は駄目だ。お前は俺に付き従う身なのだからな。たかがにんじん程度、忌み嫌っているようでどうする。夫となる俺に恥を搔かせる気か」

「……そう、ですか。それは誠に申し訳ございません」

「次からは許さぬ。分かったな」

「はい」

神妙な態度で返事こそしたが、心の中は不信感でいっぱいだった。

自分は好き嫌いどころか残したくせに、それを差し置いて嫌でも我慢して食べた私を責めるとか。

——トラヴィスならこんなことは言わなかったわ。

少し前、彼と嫌いなもので盛り上がったことを思い出す。

にんじんが嫌いだと言った私に、自分はグリーンピースが嫌いなのだと同じく秘密を打ち明けてくれた。

私が必殺技を伝授すると「今度やってみる」と言い、公の場ではないからと嫌いなにんじんを引き受けてもくれたのだ。

ふたりの対応の差がすごすぎて嫌になったし、やっぱりトラヴィスが恋しいと思ってしまった。

だって、こんな些細《ささい》なことひとつにしても、オコーネル皇子とは違いすぎる。

「僕を信じて」と言って手を差し出してくれた彼を思い出す。

私を大事に想ってくれているのが分かる優しい笑顔に気遣い溢れる仕草。

きっとこれからも「トラヴィスだったら……」と思ってしまうのだろう。

——そんなことをしても意味がないのに。

「はあ……」

オコーネル皇子には聞こえないように溜息を吐く。

本当に恋心なんて自覚しなければよかった。そうすればもっと無の境地で婚約式を迎えられたはずなのに。

なまじ好きな人ができたものだから、その人と何が違うのか比べまくってしまう。

そのオコーネル皇子といえば、私が素直に頷いたことが良かったのか、上機嫌になっていた。

「行くぞ」

謁見の間に向かう。目的地に着くと、すぐに扉は開いた。

中には多くの参列者がいる。帝国貴族だけでなく他国の人間もいる。父の姿もあった。皇帝は玉座で肘を突き、ゆったりとこちらを見ている。

その隣には第一皇妃のテレサ様が座っていた。第二皇妃はいないようだ。

身分が低い第二皇妃は公式行事に参加させてもらえないという噂を聞いたことがあったが、どうやら本当のようだ。

血統を何よりも重視するウェスティア帝国らしいやり方である。

――はあ。

聞こえないように溜息を吐く。

皆の前で婚約と一年後の挙式を誓い、婚約証書に名前を書けば婚約式は終わり。

その後父は帰国するだろうが、私はついていけない。

今夜、そしてこれからもオコーネル皇子に抱かれなければならないからだ。

「……」

周囲の視線を感じながら、皇帝のいる場所までオコーネル皇子と並んで歩く。

敷かれた赤い絨毯は美しかったが、皇帝に近づいて行くにつれ、退路が断たれていくのを肌で感じた。

「――今から婚約式を執り行う」

皇帝の前まで行くと、彼は立ち上がり参列者たちに宣言をした。テレサ様も彼に倣い立ち上がる。

いよいよその時が来たのだと、目を瞑った。

ここまでかなり見苦しく足搔《あが》いたが、さすがに婚約式が始まってしまえばどうしようもない。

こうなることが私の運命だったのだし、私が嫁ぐことで、アンティローゼは後継を取り戻せるのだ。

――大丈夫、大丈夫よ。心を閉ざせばいいだけだもの。

これから起こるどんなことも、心を閉ざしてしまえばなんとでもなる。

味を感じない必殺技と同じだ。
その時その時をやり過ごせば、きっとこの先も今まで通り生きていける。
皇帝が婚約式の文言を読み上げ、私たちに問いかけた。
「お前たちは婚約し、一年後には夫婦となる。この決定に不服はあるか」
「ありません。父上のお望みのままに」
まずはオコーネル皇子が告げる。
皇帝が私を見た。次は私の番だというのだろう。
隣に立っているテレサ様が早くしろと言わんばかりに鋭い目を向けている。
近くの席にいる父を見れば、ハラハラとした顔で私を見ていた。
——大丈夫よ、お父様。私、ちゃんとやるから。
キースを取り戻す。
それが私たち共通の願いだ。
だからと深呼吸して口を開く。
ありません——と、そう告げるつもりだった。
「ちょっと待った‼」
声を出そうとしたちょうどその時、私たちが入ってきた扉が勢いよく開いた。
閉じられていたはずの扉が開いたことに驚き、誰もが一斉にそちらを向く。
それは私やオコーネル皇子も同じだった。

婚約式の最中だということも忘れ、音がした方を見ると、何故かそこにはトラヴィスが立っていた。

「え……トラヴィス……？」

パチパチと目を瞬かせる。どうして彼がここにいるのか意味が分からなかった。

走ってきたのだろうか。彼は荒い呼吸を繰り返していた。

着ていたのは赤いチョハだったが、なんだか少しよれている気がする。

両手で扉を開けた彼は私に気づくと、ホッとしたような顔をした。

「よかった……間に合った」

「間に合ったって……どういう……？」

嬉しそうに微笑むトラヴィスをただ見つめる。

皆が呆然とする中、トラヴィスがスタスタと敷かれた絨毯の真ん中を歩いてくる。

あまりにも予想外の状況に、参列者はもちろんのこと、警備についていた帝国兵たちも動けないようだった。

「ルル」

トラヴィスが私の名前を呼ぶ。

唖然とするしかできない私の腕を彼が掴んだ。

「え……」

そうしてグッと自分の方へ引き寄せると「僕のルルを返してもらいに来た」と皇帝に向かって告

げた。

「は……」

誰もが動けなかった中、最初に我に返ったのはある意味当たり前というか皇帝だった。

彼は闖入《ちんにゅう》してきたトラヴィスに目を向けると、不快げに言った。

「どういうことだ。サルーンの王子よ。神聖なる婚約式の邪魔をするとは、いかなる理由があっても許されることではないぞ」

テレサ様も不快感を露わにし、夫に追随した。

「まったくです。息子の婚約式を一体なんだと思っているのですか。ウェスティア帝国皇太子の祭事なのですよ」

ふたりの言葉を聞き、青ざめる。

彼らの言う通りだ。

今、何が起きているのか正直さっぱり分からなかったが、ふたりが言ったことは確かに正しい。

トラヴィスは他国の祭事を邪魔した。

到底許されることではないし、怒られるだけでは済まないだろう。けんかっ早いことで有名なウェスティア帝国ならそれを理由に宣戦布告をしてくることだって考えられる。

——戦争なんて……。

あり得ないと思いたいが、ウェスティア帝国ならやりかねない。

大国同士の戦争。この二国に挟まれたアンティローゼも無傷ではいられないだろう。

それは分かっているのに、私を抱き寄せるトラヴィスの身体は温かく、どうしようもなく安堵をもたらした。

——駄目、今はそんな時ではないわ。

ホッとするなんて思うこと自体間違っている。私は慌てて首を横に振り、トラヴィスに言った。

「そ、そうよ、トラヴィス。どうしてこんなことを……」

私を抱き寄せ離さない男を見上げる。

トラヴィスは物の分からない人ではない。こんな大それた真似をすればどうなるのか、理解しているはずなのに、私を抱き寄せる腕の力は緩まなかった。

「トラヴィス……」

彼が何を思って、今、この場にいるのか分からない。

私を返してもらいに来たとか言っていたが、それすら意味が分からなかった。

だって返すも何も、私は彼と何も約束していないのだ。

「好き」と告げたことだってない。

それなのにどうしてトラヴィスは、危険を冒してまで乗り込んできたのだろう。

トラヴィスの服を摑み、訴える。

「駄目よ、トラヴィス。今ならまだ間に合う。皇帝陛下に謝って。そして私を——」

「そんなことを僕がすると本気で思うの、ルル。絶対に君をウェスティアなんかにやるつもりはないよ」

「……」

驚くほどきっぱりと告げられ、二の句が継げない。

そんな私にトラヴィスは優しく告げた。

「大丈夫だよ、ルル。――僕を信じて」

「っ……」

言われた言葉に反応し、バクンと心臓が大きく跳ねた。

トラヴィスが紡ぐ「信じて」の言葉。

それは今までに何度も私を助けてくれたものだった。

彼を頼もしく思い、ある意味好きになった切っ掛けとも言える言葉。

自信をもって告げられた「信じて」の言葉に、気づけば無条件で頷いてしまった。

「……ええ」

「よかった」

安心させるように笑い、トラヴィスが前を向く。

皇帝が深い怒りを込めた目で、トラヴィスを睨んでいた。近くにあった錫杖《しゃくじょう》を手に取り、トラヴィスに向かって突きつける。

「サルーンの小倅《こせがれ》。ウェスティア帝国皇太子の婚約式を邪魔するとはどういうつもりか、説明してもらえるのだろうな」

「そうです。形だけの謝罪などでは許しませんよ。一体、この責任をどう取るつもりですか⁉」

ヒステリックに叫んだのはテレサ様だ。

よほど息子の婚約式を邪魔されたことが許せないらしい。

彼らの怒りは恐ろしいほどだったが、トラヴィスは歯牙にも掛けなかった。

より怒りを煽るような口調で言い返す。

「邪魔？　邪魔をしているのはそっちだって分からない？　ああ、分からないからそんなことを言うんだ。うん、そうだね。じゃあ、僕からも言おうか。君たちが僕を阻むつもりなら、こちらだって容赦しない。――君が、君たちがひた隠しにしている秘密、今ここで暴露してあげようか？」

せせら笑うように彼が言う。皇帝とテレサ様を見れば、彼らは眉を寄せていた。

「何？」

「秘密？　そのようなものはありませんが」

思い当たる節はないと告げるふたりにトラヴィスは、何故かオコーネル皇子を指さした。

そして意味ありげにふたりへ視線を向ける。

「……本当に？」

「……まさか」

何かに気づいたような顔をする皇帝。トラヴィスは「そういうこと」と薄く笑った。

「誰にも知られていないと思っていたんだろうけど甘いよ。サルーン王国の諜報《ちょうほう》機関を侮ってもらっては困る。君たちが何をおいても隠しておきたい秘密を握っていると僕は言っているんだ」

「……ど、どうして」

テレサ様もトラヴィスが言いたいことを察したようだ。明らかに顔色を青くし、己の口元を押さえている。

「誰も知らないはずなのに」

「秘密なんてものは、意外なところから漏れるんだよ。――さて、これで自分たちが偉そうに物を言える立場ではないと理解してくれたかな」

「……」

「……」

ふたりが黙り込む。今、この空間の支配者は完全にトラヴィスとなっていた。

婚約式の参列者たちは皆口を噤み、けれども興味津々とばかりにこちらを窺っている。

しんと静まり返った謁見の間。誰もが口を開かない中、先ほどトラヴィスに指を差されたオコーネル皇子が怒声を上げた。

「さっきから一体何を言っている！　どんな理由をつけようが、お前が俺の婚約式を邪魔した事実は変わらない。ルルーティア、お前もだ。そんな男のもとにいつまでもいるんじゃない。お前の婚約者は俺だろう」

「っ……」

手を差し伸べられ、身体が恐怖でビクリと震えた。

そんな私を宥めるようにトラヴィスが抱きしめる。

「気にしなくていい」

「気にしなくていいだと？　無責任だな。事情も知らないサルーンの王太子よ。――ルルーティア、お前の大切なものがどうなっても良いと言うのだな？　それが嫌ならこちらに来るんだ」

「あっ……」

大切なもの――キースのことを匂わされ、ハッとした。

そうだ。

いくらトラヴィスが大丈夫だと言ってくれても、私が彼のもとへ行けるはずがなかった。

私がオコーネル皇子と結婚しなければ、弟は返されない。

それを今更ながらに思い出した。

「あ、わ、私……」

今すぐに戻らなければ。

でなければ弟が、父の念願が果たされない。

よろよろとオコーネル皇子の方へ、一歩踏み出す。それをトラヴィスが引き留めた。

「行く必要はないよ」

「でも……！」

「本当に大丈夫だから。僕を信じてと言っただろう？」

「無責任なことを言わないで。あなたは私の事情なんて知らないじゃない！」

思わず叫んだ。そんな私にトラヴィスが驚くほど真剣な顔で告げる。

「知ってる。だから安心して」

「え……」

――知ってるって？

どういうことだとトラヴィスを見つめる。

彼は安心させるように微笑むと、オコーネル皇子に向き合った。

オコーネル皇子は怒りの形相でトラヴィスを睨み付けている。

「俺の女を返せ！」

「ルルは君のものではないよ。それに僕が何も知らないとでも思った？　君がさっき言った『大切なもの』。そんなのとうに取り返したに決まっている。脅しには使えないよ」

「へ……」

「なんだと⁉」

取り返したと告げたトラヴィスを唖然とした顔で見つめる。

オコーネル皇子は焦ったように叫んだ。

「嘘だ！　お前は嘘を吐いている‼」

「君には残念な話だろうけど嘘ではないよ。話を知った時には呆れたね。八年前のアンティローゼとの戦争。条件のない停戦合意をしておきながら、裏側では人質を取っていたとか、完全なるクズのやり方だよ」

「なっ……」

オコーネル皇子が絶句する。

私も信じられない気持ちでトラヴィスを見つめた。

だって彼は知らないはずなのだ。私はトラヴィスに弟のことを何も話していない。

それは弟を取り返したい父も同じで、だからこそ話が彼に伝わるはずがないのに。

「……」

参列者たちの表情が変わっている。彼らは食い入るようにトラヴィスを見つめていた。

彼が次に何を語るのか気になるのだろう。

それは私も同じだった。

「トラヴィス……」

「アンティローゼに一言もなく誘拐したそうだね。しかもその人質は王太子だ。アンティローゼが返せと要求すれば『この話を表に出せば、王太子がどうなるか分かっているだろうな？』なんて脅した挙げ句沈黙を強いたというし、全く酷いやり方だよ。戦争の仲裁役となったヴィルディング王国も立つ瀬がないだろう。まさかウェスティア帝国が裏でこんな汚いことをしているなんて、誰も思わなかったわけだし」

サラサラと語られるトラヴィスの言葉を聞き、参列者たちからどよめきが起こる。

オコーネル皇子を見れば、彼は舌打ちをしつつも何も言い返せないようだった。

当たり前だ。

トラヴィスの語ったことはどれも真実でしかないからだ。

それに他国の貴族たちもいる場。彼らは興味津々にトラヴィスの話を聞いていて、オコーネル皇子が下手なことを言おうものなら、その影響は計り知れない。

たぶんだけど、トラヴィスはその辺りを全て分かってやっているのだろうと思った。

「そんな状況下でアンティローゼがウェスティア帝国に逆らえるはずがない。この七年、アンティローゼがやけにウェスティア帝国に対して下手に出ているなと不思議だったけど、その理由がよく分かったよ。——ウェスティア帝国が偉そうにふんぞり返っている理由もね」

「……もういい」

つらつらと語るトラヴィスの言葉を遮ったのは皇帝だった。

彼は憎々しげにトラヴィスを睨むと、追い払うように手を振る。

「これ以上余計なことを言うでない。出て行け、サルーンの小倅。場を荒らしたことは不問にしてやる」

「この期に及んで、まだ上からなんだ。ま、いいけど。もちろんルルは連れて行くけど、構わないんだよね？」

「何？」

皇帝が眉を寄せる。そんな彼にトラヴィスは酷薄な笑みを浮かべながら言った。

「僕が握っている秘密のこと、もう忘れちゃった？　アンティローゼのこと以上に君たちがバラされたくない秘密。今、ここで公表してもいいんだよ。それをされて困るのは僕じゃないからね」

皇帝とテレサ様が悔しげに顔を歪める。

皇帝が諦めたように手を振った。

「……小娘ひとりで済むのなら安いもの。好きにするといい」

「父上！」

私を連れて行くことを了承した皇帝に、オコーネル皇子が食ってかかる。

「あの女は俺の花嫁です！」

「……諦めろ」

「ですが！」

「私の命令が聞けんのか。諦めろと言っている」

「……母上！」

納得できなかったのか、オコーネル皇子は今度はテレサ様に助けを求めた。

だがテレサ様も皇帝と同じで首を縦には振らない。

「諦めなさい。縁がなかったのです」

「そんな……。ここまで馬鹿にされたというのに縁がなかったと、それだけで片付けるのですか⁉」

「そうです。何事も引き際が肝心。それを弁えられないようでは、被害は更に甚大になるだけですよ」

「……」

呆然とオコーネル皇子が首を横に振る。

トラヴィスがそんな彼らに告げた。

「話はついたようだね。今回の件、大ごとにしないと言うのなら、僕も例の秘密は黙っていてあげるよ。くれぐれも自分が優位に立っているなんて勘違いはしないことだ。ああ、そうそう。ひとつ言い忘れていた。今後、アンティローゼにはうちの国が後見につくから。下手な手出しをしようものなら、サルーンが出てくるということ、忘れないでね」

「じゃあ、そういうことで」とトラヴィスが告げ、私の手を握る。

そうして何事もなかったかのように謁見の間の出口へ向かった。

「え、え、え……」

私はどうすればいいのだろう。

皇帝が許可を出したということは、トラヴィスと一緒に行っていいのだろうが、怒濤《どとう》の展開すぎて状況がよく分かっていなかった。

参列している父を見る。父は現状を理解できていないらしく、呆然としていた。

私が連れて行かれていることにも気づいていない。

「トラヴィス……トラヴィスってば」

トラヴィスに引っ張られるように歩きながら、彼の名前を呼ぶ。

謁見の間を出るまでは余裕そうにしていた彼だが、廊下に出ると早足になった。

「あとで説明はしてあげるから、今は急いで。皇帝の気が変わったら大変だ」

その目が吃驚するくらい真剣で、つられるように頷く。

ふたり黙って、ひたすら足を動かす。

幸いにも皇帝の気が変わることはなかったようで、誰かに止められたりはしなかった。

正門を出たところで、待っていた馬車に乗るように言われる。

大人しく乗車すると、彼も乗り込んできた。扉を閉めた次の瞬間には走り出す。

「きゃっ……」

まだ着席していなかったので、バランスを崩した。それをトラヴィスが支えてくれる。

動く馬車の中、なんとか座席に腰掛けた。

トラヴィスも私の正面の席に座る。

何度か後ろを見て、誰もついてきていないことを確認し、帝都を出たところで安堵の息を漏らした。

「ここまで来ればもう大丈夫だ。ごめん、ルル。不自由を掛けたね」

「そ、それはいいんだけど、どういうことなの？　怒濤すぎて、全く状況が分からないんだけど。それに弟！　キースのことをトラヴィスは知っていたの？　取り返したって言っていたけど、どういうこと⁉　説明して！」

知りたいことがありすぎて、質問攻めにしてしまう。

立ち上がり、トラヴィスの服を掴む。彼は落ち着かせるように私の腕を軽く叩いた。

「ちゃんと説明するから落ち着いて。まずは座ってよ。でないと話そうにも話せない」

「……」

目を見て言われ、渋々ではあるが着席した。

きちんと座ると、トラヴィスが口を開く。

「まずは、一番気になっているだろう君の弟の話をしようか。さっきオコーネルに言った通り、彼はすでに取り返しているよ」

「取り返してって……」

「君たちが一番ネックとしているものを取り返さないと意味がないと思ったからね。例の屋敷を急襲して、キース王子と会ったんだ。彼には一緒に来ることを合意してもらったよ」

「……キースは無事なの？」

縋るように尋ねると、トラヴィスはにっこりと笑った。

「もちろん。傷ひとつないよ。マクリエに預けてあるから安心して」

「……そう」

どうやらキースは無事らしい。

弟が救出されたことに安堵の息を吐き出す。

トラヴィスの言葉を疑おうとは思わなかった。彼が嘘を吐くような人でないことはよく分かっていたからだ。

だが、マクリエ王子の名前が出たことが気に掛かる。

「……マクリエ殿下って今言ったわよね？　マクリエ殿下も今回の件に関わっていらっしゃるの？」

「うん。というか、彼に協力してって依頼したのは僕だからね」

「いいの？」

「いいんじゃないかな。別に無理強いしたわけじゃないしね」

「……」

さらりと告げるトラヴィスだが、そんな簡単に他国の王子を巻き込んでいいものなのだろうか。だが彼は全く気にしていないようだ。

トラヴィスとマクリエ王子は親しい友人同士のようだったから、それも可能なのかもしれない。

困惑しつつも次の疑問をぶつける。

「キースを助け出してくれてありがとう。感謝するわ。でも、そもそもどうやってキースのことを知ったの？」

私からはキースの話を漏らしていないと誓える。それなのにと思ったが、トラヴィスはあっさりと言った。

「サルーン王国が情報戦に優れているっていうのは知らない？　どんな秘密でも数日もあれば、うちの国は掴んでみせるよ。オコーネルとの婚約を発表した時の君の態度はどう見てもおかしかったし、アンティローゼがウェスティア帝国に君を差し出す理由が分からないと思ったからね。国に戻って課報機関を動かした」

「課報機関……」

うちの国にも課報機関はあるが、わずか数日でどんな秘密でもとはとてもではないが言えない。

さすがはサルーン王国というところか。

「すごいのね」

「ありがとう。とまあ、そういうわけで君の事情を知ったんだよ。挙げ句、弟の身柄と交換で嫁ぐなんて知ったらね。放ってはおけない。急ぎ父上に話を通して、出てきたってわけさ。あの屋敷で見た少年がキース王子だというのは君の態度から簡単に推測できたしね。居場所が分かっているのなら、先に押さえてしまった方がいいと考えた」

「そう、だったの」

あの婚約発表があった夜会から、十日ほどしか経っていない。

その中で、これだけのことをしてのけるとか、すごすぎる。

しかし、今後アンティローゼはどうなるのだろう。

弟を助け出してくれたことは有り難いが、先ほどの行動は、間違いなく皇帝の怒りを買った。

皇帝の様子を見るにサルーン王国に手出しはしなそうだが、アンティローゼに矛先を向ける可能性はある。

「……また戦争になるのかしら」

よくも恥を掻かせてくれたと宣戦布告をされたらどうしよう。

そうなったら前回の戦争の傷跡が残るアンティローゼは手も足も出ない。

下手をしたら今よりも酷いことになるのではないだろうか。

再び弟は捕らえられ、もしかしたら属国扱いになるかもしれない。

「……どうしよう」

恐ろしい結末に身体が震える。だが、トラヴィスは強く否定した。

「ならないって。僕を信じてって言っただろう？」

「聞いたわ。でも――」

「君の国をより窮地に追い込むような真似はしないって。さっきも言った通り、サルーンがアンティローゼの後ろ盾になるし、そもそも帝国は何もできないんだ。誰にも知られたくなかった秘密を僕が握っていることを知ってしまったからね。暴露されることが何よりも怖いだろうから、サルーンにもアンティローゼにも手は出せないよ」

「秘密……そういえば、そんなことも言っていたわね」

トラヴィスの言葉で、皇帝やテレサ様が顔色を変えていたことを思い出した。

彼らは最初、私を取り戻しに来たと言ったトラヴィスに対し、不快感を露わにしていた。

謝る程度では許さないとも言っていた。

それが、秘密の暴露をチラつかされた途端、ふたりとも手のひらを返したのだ。

「秘密って……なんだったのかしら」

「ああ、それ？　オコーネルが皇帝と第一皇妃の子供ではないってことだよ」

「えっ……」

あまりにも簡単に告げられた暴露話に目を大きく見開いた。

思わず前のめりになる。

「ど、どういうこと？」

「どういうこともこういうこともないよ。言った通り。オコーネルは第一皇妃の子供ではない。皇帝と奴隷の子供なんだよね。嫁いでから分かったんだけど、第一皇妃は子供が望めない身体だったんだ。でも、プライドの高い彼女はその事実に耐えきれなくて。皇帝も自らの第一皇妃に子供が望めないなんて認めたくなかった。だからふたりは結託して、奴隷に子供を産ませることにしたんだ。産ませたあとはその奴隷は殺して、自分たちの子だと公表した」

「何、それ……」

「ウェスティア帝国は何よりも血統を重んじる国だということは君も知っているよね？　それが、実は皇太子が元公爵家の第一皇妃の子供ではなく奴隷女の子でしたなんて、ゴシップもいいところ。明るみに出れば、皇太子廃嫡も免れない。皇帝たちにとっては絶対にバレるわけにはいかない秘密だってわけ」

「……奴隷の子供？　オコーネル殿下が？」

テレサ様とオコーネル皇子を思い出す。

テレサ様は、オコーネル皇子を自慢に思っているようだった。

血統の良い子だと褒めそやし、溺愛しているようにも見えた。

「あれ……演技だったってこと？」

「さあどうだろう。でも第一皇妃にとってオコーネルは、自分の地位を守るために絶対に必要な子供だからね。内心どう思っていようが可愛がるんじゃないかな。血統の良い息子を産んだ第一皇妃という立場を彼女は絶対に手放したくはないだろうから」

「……」

「第二皇妃は男爵家の出身。今まで彼女とその息子を血統が劣っていると馬鹿にしていたのに、実はオコーネルの方が血統が劣っていると知られてしまったら。そう考えると第一皇妃としては絶対にバラされたくない秘密だろうね」

「そう……ね。でも皇帝陛下はそれでよかったのかしら。血統を重視するのなら、それこそ第二皇妃の産んだ息子を皇太子にすれば……」

そう思ったが、トラヴィスは否定した。

「第一皇妃の産んだ子供というのが、皇帝にとっては何より大切らしいよ。ウェスティア帝国の考え方なんて僕には分からないけどね。いっそ離縁して、新しい皇妃を娶るという方法もあるんじゃないかって思うけど、それも無理だし」

「無理なの？」

離縁が禁じられているわけでもないので、そうすれば問題解決と思われたが、トラヴィスは静かに首を横に振った。

「第一皇妃の生家はすごく力の強い家なんだよ。皇帝といえども、無視できない。彼女を第一皇妃から下げることはできないんだ」

「……」

「第一皇妃の座は動かせない。でも次期皇帝は第一皇妃の子でないといけない。結果、今話した『他の女に子供を産ませる』ということになったんだ」

「……それならせめて、相手を奴隷ではなく爵位を持つ女性にすればよかったのに」

そんなにも血統を重視するのならという思いから出た言葉だったが、トラヴィスはそれについても否定した。

「無理だよ。産ませたあとは口封じに殺すんだ。後腐れのない奴隷女の方が彼らにとっては都合がいい。爵位のある家の娘じゃ、色々と難しいからね」

「酷い……」

あまりと言えばあまりの話に無意識に眉が中央に寄る。

トラヴィスが馬車の窓に目をやった。一瞬、追手でも来ているのかと思ったが、そういうわけではないようだ。

馬車は帝都どころか、すでにウェスティア帝国領土を離れている。

このままサルーン王国へ向かうのだろうか。

「この秘密を、当事者であるオコーネルだけが知らないんだ。彼は真実、自分は皇帝と第一皇妃の間に生まれた子供だと信じている」

「……オコーネル殿下は知らないの？」

「うん。知らされていない。だから自分のことを血統に優れた次期皇帝に相応しい人物だと信じて疑っていないんだ」

「……」

「真実を知ってからオコーネルを見ると、彼の愚かさがより際立って見えるよ。真面目に対応することすら馬鹿らしい」

苦々しげにトラヴィスが吐き捨てる。

「自分の出生を疑うことすらしない。隠されてはいても、当人なんだ。少し調べれば分かると思うんだけどね」

「でも、それは……疑えという方が難しいんじゃないの？」

私だって父と母の子であることを疑ったことなんてない。そう思ったが、トラヴィスは厳しい顔で言った。

「観察すれば母親の態度なりで違和感を覚えるはず。次期皇帝になろうという人物が、その程度の観察眼すらなくてどうするっていうんだ。僕は今よりも彼が皇帝になった時の方が怖いと思っているよ。暗愚なトップのせいで帝国は間違いなく荒れるだろうからね」

「……」

なかなか手厳しい意見だが、王太子であるトラヴィスからすれば当然なのだろう。

それくらいできなくてはおかしいと本気で思っている。

「そういう意味でも、君を取り返せてよかったと思ってる。話は飛んだけど、これで分かってくれたかな。今話した秘密、これを暴露される恐怖があるから、彼らは僕らに何も言えない。秘密はね、秘密のままにしておく方が、使い道があるんだよ」

「よく分かったわ」

トラヴィスの言葉に頷く。

確かにここまで話を聞けば、帝国が手出ししてくる可能性はほぼないだろうと確信できた。

弟を取り返せて、しかも帝国からの反撃も気にしないで済む。

これ以上の結末はないだろう。

トラヴィスが私の顔を見つめ、労《いたわ》るように告げる。

「今まで辛かったね、ルル。でも、もう大丈夫だ」

「え……」

言われた言葉の意味が一瞬分からず、目を瞬かせる。

彼は立ち上がると、私の隣の席へ移動した。

「ずっと弟を取り戻すためと我慢してきたんだろう？　君がオコーネルを嫌っていたのは見れば分かるし、相当辛かったんじゃない？　でも、もうそんなことする必要はないから。君は自由なんだ」

「あ……」

自由という言葉を聞き、じわりと涙が滲み出る。

辛いとは思っていなかったはずだ。

王族として国のために結婚するのは当たり前だと考えていたし、国に貢献できる自分が誇らしいとすら思っていた。

父が私をオコーネル皇子に嫁がせることを決めたと告げた時も、それで弟が取り返せるのなら安いものだと本気で思った。

——それなのに。

「あっ、あっ……ああああ……」

次から次へと涙が溢れてくる。

本当に、本当に嫌だった。

オコーネル皇子と結婚すること。彼に抱かれ、彼の子を孕むことが本当に死にたくなるくらいに嫌だった。

「わ、私……私……」

手で顔を覆って嗚咽を漏らす。

オコーネル皇子と結婚しなくてもいいと言われたことに、心底安堵したのだ。

もう我慢しなくていい。好意の欠片も抱けない男に笑顔を向ける必要だってないのだ。

「ああっ、ああっ、ああああ……」

ひたすら涙を流す私を、隣に座ったトラヴィスが慰める。

「大丈夫。もう大丈夫だからね」

優しく背中を擦《さす》られるのが心地好かった。

『大丈夫』の言葉が心に染みる。泣きじゃくる私に、トラヴィスはどこまでも優しかった。

「……あのさ」

グスグスと泣いていると、私を慰めながらトラヴィスが話し掛けてくる。

「……な、何？」

顔を上げ、泣き濡《ぬ》れた目で彼を見る。

トラヴィスは困ったような目で私を見つめていた。

頬を掻き、気まずそうに告げる。

「こんな時に言うのは弱みにつけ込んでいるみたいで嫌なんだけど、でも、タイミングを見計らっていたらいつ言えるか分からないから言っておくよ。ルル、僕と結婚してくれないかな」

「へ……」

ポカンと目を見開く。

驚きすぎて涙が一瞬引っ込んだ。

「一目惚れしたとは言ったけど、それから君という人を知るようになって、ますます好きになってしまってさ。もう僕、君以外の人を妻に迎えられる気がしないんだ。助けると思って、結婚してくれないかな」

「何それ……」

「自分でも馬鹿だなって思ってるよ。でも、君を取られるのが嫌で、こんなことまでやらかしてしまうくらい惚れ込んでいるんだ。ようやくオコーネルから解放された君に今言うようなことじゃないとは分かってるんだけどね……。でも、どうしても僕の気持ちを伝えておきたくて」

「……」

トラヴィスの申し出に黙り込む。

彼は申し訳なさそうにしていた。今、言うべきではないと思っているのは本当なのだろう。

私もまさかこの状況下でプロポーズされるとは思わず、驚いた。

「トラヴィス……」

「君の父上の了承なら絶対に取るよ。というか、今なら断られないって自信もある」

「それは……そうよね」

帝国から王太子を取り返してもらったのだ。しかもトラヴィスは、サルーン王国がアンティローゼの後見となってくれると言った。

帝国から逃れられた今、アンティローゼとして一番頼りやすいのは間違いなくサルーン王国だろう。

その王太子が娘をくれと言うのなら、父が頷かない理由はなかった。

これまでとは事情が違うのだ。

「……ウェスティア帝国の皇太子からサルーン王国の王太子に嫁ぎ先が変わるだけなのね」

なんとも言えない気持ちになる。

自由になったと思った次の瞬間には、次の嫁ぎ先が決まっていたとか、王族にはよくある話ではあるが、自分が体験することになろうとは。

だけどこれまでとは違い、嫌だとか、王族としての義務だから仕方ないとかは思わなかった。

私が感じていたのは紛れもなく歓喜だ。

——結局、好きな人が相手ならどんな状況下であっても嬉しいってそういう話なのよね。

「ふふっ……」

まさか自分がこんな気持ちになれるとは思ってもみなかった。

目尻に残った涙を指で拭き取り、小さく笑う。

愛のない結婚をするのが当然で、それをずっと覚悟してきたのに、大どんでん返しにもほどがある。

意外すぎる結末だと笑っていると、なかなか返事を出さない私に焦ったのか、トラヴィスが言い出した。

「え、ええとね。その、無理強いするつもりはないんだよ。君の悲しむ顔は見たくないし。でも、君を諦める選択肢もないというか……だから、その、できれば僕を好きになってもらえると嬉しいって思うんだけど」

「結婚しない選択肢がない時点で、無理強いと何が違うのかよく分からないのだけれど」

言っていることがおかしいぞと指摘すると、彼はあわあわと更に焦り出した。

「そ、それは……でも仕方ないじゃないか！　君以上に好きになれる人なんて一生現れないって断言できるんだ。諦めるなんてできっこないよ」

必死に訴えてくるトラヴィス。

私としては好きな人にそこまで言ってもらえるのは女冥利《みょうり》に尽きると思ったのだが、彼は私がまだ悩んでいると受け取ったようだ。

更に色々と言い出した。

「え、えーと、あのね！　君が筋肉質な男性が好きだというのなら、そこはもちろん努力するつもりだよ。マクリエみたいにはなれないかもだけど、できる限り頑張る」

「頑張るんだ」

「君に好かれるための努力は惜しまないよ。専門家を呼んで、君好みの筋肉をつけられるようにするね。いや、この際恥を忍んでマクリエに聞いた方がいいかな」

難しい顔をしてブツブツ言っている。

彼が真剣なのは分かるが、ここまで来ると一周回って面白い。

私が好きになった人って、こんなに面白い人だったんだと新たな一面に驚いていると、トラヴィスが縋るように私を見てきた。

「そ、その……他にも君が望むことがあるのなら、可能な限り受け入れる所存だけど……それでも駄目かなあ」

私は一度も駄目なんて言っていないのに、断られまいと必死だ。

それだけ私を得たいのだと気づけば、とても優しい気持ちになれた。

「トラヴィス」

「……うん」

隣に座るトラヴィスを呼ぶ。

彼は返事をし、様子を窺うように私を見ている。

なんだかとても可愛いなあと思ってしまった。

最初は軽薄で胡散臭い、なんて思っていたのに変わるものだ。

今はどんな彼も好きだなと本気で思える。

それも全部、トラヴィスが私に見せてくれた本当の気持ちのお陰なのだけれど。

「その結婚話、受けてあげるわ。そもそもサルーンに後見してもらってこっちが何も出さないなんてわけにはいかないものね。もちろんお父様が頷けばだけど、私としては構わないわ」

我ながら可愛くない言い方だ。

でも、これくらいの方が私らしい気もする。

「え……」

私の答えを聞いたトラヴィスが目を丸くしてこちらを見てくる。

ピクリとも動かない。

「……ちょっと、何か言ったらどうなの？」

返事がないことが不安になり、ツンツンとトラヴィスの肩を突く。彼はハッとしたような顔をし、目を瞬かせた。

「えっと、今、ＯＫを出してくれた？」

「あなたの聞き間違いでなければそうなんじゃないかしら」

「えっ、本当⁉」

バッと身を乗り出してくるトラヴィスに意地悪な気持ちが湧き上がってくる。

「疑うなら別に受けなくてもいいわよ」

「疑ってない！　ただちょっと驚いただけで……えっ、ルルが僕の求婚を受けてくれた……僕、都合のいい夢を見てる……わけじゃないよね？」

何度も自分に言い聞かせている。ついには自分で自分の頬を抓《つね》り始めた。

その様子を見てすっかり呆れた私は投げやりに言った。

「そうね。夢かもしれないわね」

「酷いよ、ルル！　そこは違うと否定してくれるところじゃないか！」

「なんか、面倒になってきて」

こてんと小首を傾げると、トラヴィスは「可愛いな、もう！」と叫んだ。

「本当に君は塩な人だね！　そういうところも好きなんだけどさ！」

「あなたこそいつも甘いわよね。そんなに好き好き言っていると、嘘くさいって思われるわよ」

実際、最初はそう思っていたと告げると、彼はムッと頬を膨らませた。

「嘘くさいって思われているのは分かっていたよ。でも僕は正直な気持ちを表に出していただけで、嘘なんてひとつも吐いていない。やましいところがないのに言動を変える方がおかしいって思ったからね。このまま突き進むことにしたんだ」

「トラヴィスって、我が道を行くタイプよね」

きっぱりと告げるトラヴィスをまじまじと見つめる。

ゴーイングマイウェイ。

他人が何を言おうと知ったことではない。自分の信じる道を行くのだという彼の言葉に『らしいな』と思ってしまう。

でも確かに彼の行動は常に一貫性があった。

最初こそ信用ならないと思っていたけど、見せてくれる行動はいつも真剣で引きつけられるものがあった。

「僕を信じて」と告げる瞳は真っ直ぐで、歪みがなかった。

だから徐々に私も彼に魅せられていったのだ。

——ただ甘ったるい言葉を吐くだけの人ではなかったってことなのよね。

頼りがいがあって気遣いができて、私のために行動してくれる。

いつだって彼の目は優しくて、愛情に満ち溢れていた。

そんなものを見せられて、好きにならないはずがないのだ。

「私、トラヴィスが好きよ」

「へ……」

己の気持ちをさらりと口にした。トラヴィスの目が丸くなる。

「え、え、え、え？」

「だから結婚してもいいと思ったの」

「……」

「せっかく嫌いな男との結婚から逃れられたのだもの。次こそは好きな人とって思うのは当然よね」

にこりと笑ってウインクをする。

トラヴィスが「えーっ!?」と大声で叫んだ。

「ま、待って！　今、好きって……好きって言った!?」

「聞き間違いでなければそうなんじゃないかしら」

「それ、さっきも言われた!!　え、嘘……。求婚を受けてくれるだけじゃなくて、好きにもなってくれたの？　え、いつから……？　全然気づかなかったんだけど」

信じられないという顔でこちらを見てくる。

それに私は肩を竦めて答えた。

「さあ？」

「さあ⁉　そこはちゃんと答えてよ！」

「別にいいじゃない。今、好きなのは本当なのだし」

「わりと重要な問題だと思うよ⁉」

カッと目を見開き追及してくるトラヴィスだが、言うつもりはなかった。

そういうことをわざわざ教えるのは恥ずかしいし、自分でも『いつ』とは断言できないからだ。

——自覚したのは婚約発表した時だけど。

このまま有耶無耶《うやむや》にしてしまおう。

なんとか聞き出そうとしてくるトラヴィスを躱す。そうして彼に言った。

「そういうことだからお父様にはしっかり了承をもらってきてね。私も、今更あなた以外と結婚したくないって思うから」

「〰〰っ！　そういうとこ！　そういうとこだよ、ルル！　ああもう、分かった。全力で君との結婚を摑み取ってくるから待ってて！」

「期待してるわ……って、あら？」

クスクスと笑っていると、突然、馬車が止まった。

目的地に着いたのだろうか。

だが、馬車の窓から外を見てみれば、人気のない街道。

馬車は舗装された道の上で止まっている。

「？」

どうしてこんなところで。

不思議に思っていると、勢いよく馬車の扉が開いた。

「姉上！」

「っ!?　キース!?」

顔を覗かせたのは、少し前、屋敷で七年ぶりの再会を果たした弟だった。

弟は帝国風の衣装を着て、キラキラと目を輝かせている。

どうして弟がと思っていると、さらにその後ろからマクリエ王子が顔を出した。

「ようやくくっついたであるな！　よかったである！」

「おめでとう、姉上。トラヴィス殿下が相手なら、僕も祝福できるよ！」

「……へ？」

笑顔で告げるふたりを呆然と見つめる。

次にトラヴィスを見た。

彼なら事情を知っているのではと思ったのだ。

だが、トラヴィスも私に負けず劣らず唖然としていた。

目を何度も瞬かせ、マクリエ王子を指さしている。

「は？　は？　どうして君たちがここに？」

「うむ。トラヴィスと別れたあと、キース王子に強請《ねだ》られてな。どうしてもルルーティア殿を迎えに行きたいと。気持ちは分かるし、拙者としても顛末《てんまつ》が気になるところ。だからトラヴィスが乗る予定の馬車、その御者に扮することにしたのである！」

「したのである、じゃないよ！　危ないじゃないか。何をしてるんだ‼」

馬車から飛び出たトラヴィスが叫んだが、これに関しては私も全面的に同意だ。

七年もの長きに亘る軟禁からようやく助け出されたのに、自分から敵の本拠地へ出向くなど正気の沙汰とは思えない。

だが、マクリエ王子もキースも笑っており、あまり危機感があったようには見えなかった。

「いざとなれば、拙者の筋肉が唸るだけのこと。それに姉に会いに行きたいという弟の切なる願いを無視できなかったのでな。なあに、きちんと変装はしておいた。お主たちも気づかなかったのだから、問題はないだろう。終わりよければ全てよし、だ」

ドンと己の胸を叩くマクリエ王子。対してトラヴィスはげっそりとした顔をしていた。

「全然、よくないんだよなあ……くっそ、まさかマクリエが御者に扮しているとか思うはずないじゃないか。てっきりキース王子を連れて、先にアンティローゼかサルーンに行っていると思ったのに」

「そもそもどこで落ち合うと決めていなかったという問題もあるのである。それくらいならここで合流しておくのが良いと思った」

「うん、そこは僕の落ち度だね！　今、指摘されるまで決めていなかったことすら気づいていなかったよ！」

「それだけルルーティア王女の婚約式に気が行っていたのであろう。仕方ないことよ」

「……慰めてもらってなんだけど、全く嬉しくないのはなんでだろう」

複雑そうな顔をするトラヴィス。キースがおずおずと声を掛けてきた。

「姉上」

「……キース」

「心配を掛けてごめんなさい。でも、姉上が僕と引き換えに結婚するなんて話を聞いたから。そんな話を聞かされてしまったら、ただ安全なところで待っているなんてできなかったんだ」

「……」

キースを見つめる。

明るい空の下で改めて見る弟は、細身ではあったが、健康的に成長していた。

表情には母の面影があり、見ているだけで込み上げてくるものがある。

「迎えに行きたいって言ったのは僕だから、怒るなら僕にして。マクリエ殿下は僕の我が儘《まま》を叶えてくださっただけなんだ」

真っ直ぐな目でこちらを見てくるキース。私は座席から立ち上がると、馬車から降りた。弟に近づき、彼の頭をゆっくりと撫でる。

「……怒らないわよ」

怒ったりできるはず、ないではないか。

危ない真似をしたのは事実だけれど、彼とこうして会うことができて嬉しいと思っている。

まだしばらく弟と会えないと思っていたのに、元気な顔を見せてくれたのだ。

トラヴィスのことは信じているから、きっと安全な場所にいるのだと思っていたけれど、早く会えるに越したことはない。

「無事なあなたを見られて嬉しい」

「うん。僕がいた屋敷にね、トラヴィス殿下が来てくださったんだ。脱出することに躊躇う僕の背中を一緒に行こうって押してくれた。信じてもいい人だって思えたんだ。僕の判断、間違っていたかな？」

「……まさか。さすが私の弟だわ」

彼の手を取ることを判断した弟を褒める。弟は照れくさそうに笑った。

「トラヴィス殿下が姉上のことをすごく好きなんだって分かったしね。大丈夫だろうなって思ったんだ」

「えっ……」

「それに姉上もトラヴィス殿下のことを頼りにしていたみたいだし。ほら、僕に会いに来てくれた時、トラヴィス殿下の名前を出していたでしょう？」

「え、ええ、そうね」

助けてくれた人としてトラヴィスの名前を出したことは覚えている。

肯定するとキースは「でね」と続けた。

「殿下について話した時の姉上の顔が優しかったことを覚えていたから、きっと姉上もトラヴィス殿下のことが好きじゃないかって気づいて。じゃあ、信じられそうな人だし、全部任せてみようって」

それで彼の手を取ることに決めたのだと笑う弟を見つめる。

「キース」

「大正解だったでしょう?」

「……そう、ね」

自信たっぷりに言われ、苦笑した。

まさかそんなところからトラヴィスを信用しようと思ったなんて考えもしなかった。

でも弟にとってトラヴィスは初対面。いきなり一緒に行こうと言われて手を取れるはずがない。

キースが私を見つめ、柔らかく笑う。

「僕のために、姉上が犠牲になる必要なんてないんだよ。嫌いな人と結婚なんてしなくていい。やっぱり大事な人には、好きな人と一緒になって欲しいって思うからね。そういう意味では、なんで姉上を差し出そうとしたかなあって父上に一言物申したい気分だよ」

「……お父様なりに考えた結果だったのよ」

「僕としては姉上を犠牲にしないやり方を考えて欲しかった。トラヴィス殿下から聞いた時は『なんで姉上が?』って本気で思ったからね」

腰に手を当て、弟が憤然と告げる。

その顔には納得できないと書かれてあって、弟が優しい人に育ってくれたのがよく分かった。

——ウェスティア帝国に感謝するわけではないけれど。

弟を歪ませることなく成長させてくれたことだけはお礼を言ってもいいのかもしれない。

マクリエ王子とワアワア言っているトラヴィスに目を向ける。

弟も同じように彼らを見た。

「トラヴィス殿下と結婚するんだね。おめでとう」

「……お父様が頷けば、だけど」

「そこは殿下が死に物狂いで頑張るでしょ。でも、姉上が好きな人と一緒になれるのは嬉しいよ。僕のせいで嫌いな男と結婚したなんて言われたら、後悔してもしきれなかったから」

「キースのせいじゃないのに。……でも、そうね。私も今は素直に嬉しいって思えるわ」

先ほどまでと違い、穏やかな気持ちでいられるのは間違いなくトラヴィスのお陰だ。

彼が頑張って弟を取り戻し、私を助けてくれたから。

そのトラヴィスはといえば、マクリエ王子に「そういえば、君のそのムッキムキってどうしたらなれるの? 僕、ルルのためにマッチョにならないといけなくてさ」なんて真顔で聞き始めていて、それを耳にした私は笑ってしまった。

終章　それからのこと

弟と意外なところで再会したあと、私たちは揃ってアンティローゼへと向かった。

私と弟を送り届ける必要があったのと、そしてトラヴィスが強く主張したからだ。

「ルルとの婚姻許可をもらいに行きたい」と。

そこでマクリエ王子とは別れ、アンティローゼへ戻ってきたのだが、父が帰国しているかは不明だった。

何せ逃げるようにウェスティア帝国を出た私たちとは違い、父はあの婚約式の場に残ったままだったから。

あれからどうしているのか心配だったが、なんと意外なことに父は私たちが着くより先に帰国していた。

アンティローゼの王城に着いた私が近くの兵に父はどうしているか尋ねると「すでに帰国しておられます」とのこと。

それどころか「姫様はサルーンの王太子殿下と戻るから、帰ったら部屋に来るようにと言付かっております」なんて言葉が返ってきた。

私がトラヴィスに連れられて出て行ったのはその目で見ていたので、いずれ顔を出すと踏んでいたのだろう。

「意外とたぬきだよねえ」とトラヴィスが感心したように言っていたが、その通りかもしれない。

ちなみにその場には弟もいたのだが、誰ひとり気づかなかった。

何せ病弱という設定で、七年姿を見せなかった王太子だ。

弟だと告げると皆「王太子殿下⁉」と飛び退《の》き、まじまじと彼を見つめていた。

「え、療養中でいらっしゃるのでは？」

「療養生活は終わったんだ。これからは皆の前に顔も見せるよ」

驚く皆に弟はさらりと返していたが、真実を知っている私だけはその言葉に泣きそうになってしまった。

弟がアンティローゼにいるという事実に、じんときてしまったのである。

だが泣くわけにはいかない。なんとか堪え、皆と一緒に父の私室へと向かった。

扉の前にいた兵士が「サルーン王国の王太子殿下、そして姫様、キース殿下がお見えです」と告げる。

一足先に帰っていたという父の「入れ」という声が聞こえ、扉が開かれた。

部屋の中に足を踏み入れる。

「……おお」

ソファで寛いでいた父が、入ってきたキースに気づき、声を上げた。

私と同じで七年離れていても息子だと分かるのだろう。

ソファから立ち上がると、小走りでキースの側に駆け寄ってくる。

「キース……よく、無事で……」

どうやら私たちのことは目に入っていないようだ。

七年ぶりの息子の顔に触れ、声を震わせている。

キースも込み上げるものがあるのか、目を潤ませていた。

「……ただいま戻りました、父上」

「おお……おお……」

「僕がこうして帰国することができたのは、トラヴィス殿下とマクリエ殿下のお陰です。帝国に囚われていた僕を、両殿下が助けてくださいました」

「なんと……マクリエ殿も？」

「はい。おふたりは親しいご友人のようで、マクリエ殿下はトラヴィス殿下に協力してくださったのです」

キースが父に国に戻ってこられた経緯を説明する。

話を聞いた父は、何度も頷いていた。

「婚約式でサルーンのトラヴィス殿がお前を取り返したとおっしゃった時は疑う気持ちもあったが、まさか本当に連れ戻していただけるとは……」

「殿下は信頼に足るお方ですよ。実際、こうしてアンティローゼまで送っていただきましたし」

「……そうか」

話を聞き終え、父が顔を上げる。

父はまず私を見て、次にトラヴィスに視線を向けた。

深々と頭を下げる。

「この度は、ありがとうございました。息子を取り戻してくださったこと、いくら感謝してもし足りません」

「礼を言っていただく必要はありません。ウェスティア帝国のやり方が許せなかっただけだし、そもそもルルのためにしただけで、アンティローゼのためにしたわけではありませんので」

「……ルルーティアのため」

「はい」

トラヴィスが父を見据える。父も真剣な顔で彼に向き合った。

「今一度、お願いしましょう。ルルーティア王女を僕にください。僕は彼女を愛しているんです。彼女を妃に迎えることが僕の望み」

「……トラヴィス殿下は、娘を取り戻すためなら婚約式にも乗り込んでくる剛の者でしたな。お陰で式はぐちゃぐちゃ。皇帝陛下からも『娘はもういらない』と言われてしまいましたよ」

「……謝らないよ。僕は彼らにルルを渡したくなかったんだ」

きっぱりとトラヴィスが告げる。父はそんな彼に頷きを返した。

「もちろん謝罪は結構です。お互い、色々と思うところがあった結果がああなのですから。それにあなたが娘を想っているのは婚約式の件でよく理解しました。そのために息子をも取り戻してくださったのですから疑うまでもありません」

「……」

息を呑み、父の次の言葉を待つ。

まさか断ることはないと思うが、やはり不安だったのだ。

――だ、大丈夫よね？　これだけ恩を受けて私を渡さないとか、ないわよね？

ここは「はい」一択のはずだ。

どんな返事を出すのか心配で堪らない私に気づいたのか、父が小さく笑う。

「……なるほど。すでに娘の心も摑んでいらっしゃるようだ。そういえばサルーン王国はアンティローゼの後見をしてくださるという話もありましたな」

「ええ。ルルの祖国ですから、全力で守りますよ。もし帝国が難癖をつけてくるようでしたら、遠慮なくおっしゃってください。いくらでもやりようはありますので」

任せろとトラヴィスが力強く告げる。

それを確認し、父はひとつ頷いた。

「宜しいでしょう。あれだけ派手に婚約式を壊したあとです。どうせ娘は他に嫁げない。大事にしてくださるとお約束くださるのなら差し上げましょう」

「約束します」

間髪を容《い》れず、トラヴィスが返事をする。

父は頷き、私を見た。

「ルルーティア、お前もそれでいいな？」

「はい」

「――キースを取り戻すためとはいえ、望まぬ結婚を強いて悪かった。お前が本当は嫌がっていたことなど分かっていたのに、申し訳ないことをしたな」

「っ……い、いいえ」

首を横に振った。

父が謝る必要はないのだ。

跡取りとなる王子と王女では、王子が優先されるのが当然。私も納得していたことなのだから。

「お父様が謝ることではありません」

「……いえ、謝ってもらいましょう、姉上」

「えっ」

良い感じで話が纏まったと思ったのに、弟が邪魔をした。

弟を見れば笑顔だったが……目が笑っていない。

「僕の代わりに姉上を、なんてとんでもない話ですよ。それをされた僕の気持ちを全然考えてくれていませんよね」

「いや、だが……」

「もっと他に方法がなかったんですか。ほら、それこそトラヴィス殿下にお縋りするとか」

「む、無理よ。トラヴィスに事情は話せないもの」

父の味方をするわけではないが、キースの言うことは無理がある。

だが、キースはあっさりと言い放った。

「そんなの無視すればいいんですよ。表向きは秘密を守っていることにして、水面下でサルーン王国とコンタクトを取れば……ね、そうすれば姉上も不幸にならなくて済むじゃないですか」

「……確かに事情を説明してもらえれば協力はしたかな。なんならルルを連れてきてくれれば、絶対に一目惚れするから全力を出したと思うよ」

キースの言葉にトラヴィスが感心したように同意した。

キースがそれみろと言わんばかりに笑う。

「ね？」

「……」

なんだろう。キースの背後に黒いものが見えた気がする。

真っ直ぐに育ってくれたと思った弟だが、実はわりと腹黒なのではないだろうか。

それでも弟がこうして七年ぶりに帰ってきてくれたことに、喜びを隠せないのだった。

◇◇◇

「姫様。準備が整いました」

ナリッサの声に顔を上げる。

化粧台の鏡には、白のカフタンドレスを着て綺麗に化粧を施された私が映っていた。

それを感無量の面持ちで見つめる。

ナリッサも似たような顔をして私を見ていた。

「本当に……ようございましたねえ」

しみじみと告げるナリッサに笑みを返す。

今日は、人生二度目の婚約式なのだ。

ただし相手はオコーネル皇子ではなくトラヴィスなのだけれど。

ここはサルーン王国にある教会の控え室。

王城の隣にあるこの教会は、王族の婚儀を一手に引き受けていて、今日の婚約式もここの祈禱《きとう》の間と呼ばれる場所で行われることが決まっていた。

私に化粧を施したナリッサが、嬉しげに告げる。

「姫様がお望みの殿方と婚約式を迎えられること、私も本当に嬉しく思っています。前回の婚約式ではこんなに酷いことが世の中にあるのかと絶望しましたが、神はお見捨てにならないんだと実感いたしました。まさかかような結末が待っていようとは」

「本当ね」

私を見つめ、感嘆の息を吐くナリッサは、私たちが帰国した一週間後に戻ってきた。

私がトラヴィスに連れて行かれたあと、混乱に乗じて帝国を上手く抜け出したらしいのだが、なんとその後、道に迷ったのだ。

必死に帰国を試みる中、私がオコーネル皇子ではなくトラヴィスと婚姻を結ぶことを噂で知ったらしい彼女は、帰ってくるなり私に飛びついた。

「よかった。本当によかったですねえ。姫様！」

長旅でボロボロになりながらも心から喜んでくれたナリッサに、私も涙腺が緩んだ。そのまま抱き合ってワンワン泣いたのは恥ずかしくも懐かしい思い出だ。

そんな彼女は私の婚姻後、一緒にサルーン王国に来てくれることとなっている。

ちなみに結婚式は、婚約式の半年後。

王族なら普通、婚約式から結婚式まで一年くらいあけるものだが、トラヴィスがなんとか早めたいと言って、半年になった。

とはいえ、婚約式が終わったあと、私がアンティローゼに帰ることはなく、挙式の日までサルーンに滞在するので、実質今日で結婚するようなものなのだけれど。

「ルル、準備はできた？」

軽快なノック音とトラヴィスの声が聞こえた。

振り返り、返事をする。

「大丈夫よ。入ってもいいわ」

「お邪魔するよ……わあ……」

扉を開け、中に入ってきたトラヴィスが私を見て、目を丸くした。

無意識なのか首を横に振り「信じられない」と呟く。

「トラヴィス？」

「……こんなに綺麗な人、初めて見た」

「ええ？」

声が真剣で、冗談で言っているようには思えない。

困惑する私にトラヴィスは近づき、うっとりと告げた。

「君と結婚できる自分の幸運に感謝するよ。愛してる、ルル。君を今日、僕の妻として迎えられることをこの上なく嬉しく思う」

「……今日は結婚式ではなく、婚約式だってこと忘れてない？」

一足飛びにもほどがある言葉に、思わずツッコミを入れる。

トラヴィスはにこにこと幸せそうに笑った。

「どっちでも同じだよ。今日から君がこの国で過ごすことに変わりはないんだから」

「それはそうだけど。……トラヴィスも素敵ね」

正装である白のチョハに黒の長靴を合わせた彼は、惚れ惚れするような男ぶりだ。

お互い自国の正装姿。婚約式とは本来、こうあるべきもの。

オコーネル皇子との婚約式では帝国風のドレスだったが、あれは彼らが強制してきたもので、私の意思ではなかった。

私の褒め言葉にトラヴィスが嬉しげに頬を染める。

「君に褒めてもらえて嬉しい。その、筋肉については今、マクリエ監修の下トレーニング中だから、結婚式の時はもう少し君の好みな感じにできると思う。期待しててよ」

「そうなの？」

婚約式闖入事件から、今日で三ヶ月は経っている。

その間、ずっと筋トレをしてきたとでもいうのだろうか。

「……マクリエ殿下に手伝ってもらって？」

「うん。あいつ、意外とスパルタなんだよね。でも、君のためだと思えば耐えられるよ」

「……まさか本気でやるなんて。別によかったのに」

思わず呟いた。

確かに私の好みはムッキムキのマッスル男だ。

だが、トラヴィスにそうなって欲しいとは思わない。

だって彼の外見に惚れたわけじゃない。それに、これが一番肝心なのだけれど。

「前にも言ったと思うけど、あなたがマッチョになるの、似合わないと思うのよね」

「……ええ？　僕の三ヶ月間の努力を一瞬で無にすることを言うのはやめてよ」

「事実じゃない。あなたの顔であの筋肉はキツイと思うわ」

「……相変わらず塩だ。つれない。さすがルル」

「塩、塩って失礼ね。トラヴィスはそう言うけど、私がいつ塩対応したというの」

「基本的にはいつも。ルルってあまりデレてくれないからさ」

「デレ、ねえ」

確かにそれはそうかもしれない。

少し考え、それならとトラヴィスに提案してみた。

「もう少しデレてみた方がいいのかしら」

好きな相手なのだ。その方が好みだというのなら頑張ってみてもいい。そう思ったのだが、トラヴィスは否定した。

「いや、いいよ。僕は今のままのルルが好きだから。塩対応だって構わないんだ。ちゃんと君に愛されてるって知っているからね」

「……トラヴィスも変わらず甘いわよね。ちょっと今の、グッときたわ」

さらっと「今のままの君が好き」なんて言えてしまうのがトラヴィスだ。

そして最初の頃は胡散臭いと思っていたのに、今ではストレートに嬉しいと感じるようになってしまったあたり、なんというか敗北感がある。

「あんなにも胡散臭いと思っていたのに」

「酷いな、ルルは。僕はいつだって本気なのにさ」

「おふたりとも」

トラヴィスと話していると、わざとらしく咳《せき》払いをしながらナリッサが話し掛けてきた。

「そろそろお時間ですが、行かなくても？」

「え、もうそんな時間？　うわ、本当だ」

「あら」

ナリッサの指摘に慌てて時間を確認すると、確かにのんびりしているような暇はなかった。

「行こう。さすがに遅刻するわけにはいかないから」

焦りを滲ませながらトラヴィスが手を差し出してくる。

私は頷き、彼の手に己の手を重ねた。

オコーネル皇子の時は嫌で仕方なかったのに、相手がトラヴィスになると体温を感じただけで嬉しいと思ってしまう。これが嫌いな男と好きな男の違いなのだなと改めて実感した。

「行ってらっしゃいませ」

ナリッサに見送られ、控え室を出る。

廊下ではサルーンの正装に身を包んだ兵士たちが、私たちに向かって敬礼をしていた。彼らの前を通り過ぎ、祈禱の間へと向かう。

私たちが到着すると、すぐに扉は開かれた。

足を踏み出す。隣を歩いていたトラヴィスが感慨深げに呟いた。

「やっと君を手に入れられる」

「あら」

「ほんっとここに来るまで長かったからね」

大変だったとしみじみと告げるトラヴィスに、悪戯心が湧いた私は意地悪く返した。

「まだ分からないわよ。婚約式の最中、邪魔が入らないとも限らないし」

トラヴィスのしたことを揶揄《やゆ》する。どう返してくるかなと思ったが、彼は訳知り顔で頷いた。

「入らないよ。警備は万全にしてあるからね。万が一にも君を奪われないよう、打てる手は全て打ってある。蟻《あり》の子一匹通さないから安心して」

「そこは、自分以外に邪魔する人はいない、じゃないのね」

呆れたと思いながらトラヴィスを見る。彼はウインクをしながら私に言った。

「僕は慎重派なんだ。そういう意味ではオコーネルは馬鹿だなって思うよ。あの日、警備はガバガバで婚約式の会場まで入り込むのは簡単だった。僕なら絶対にこんなザルな警備体制にはしないのにって思いながら扉を開けたんだよ」

「確かに、普通ならどこかで止められるはずだものね」

「そのお陰で間に合ったんだから文句はないんだけどさ。でも、だからこそ前車の轍《てつ》は踏まないよ。僕たちの婚約式は鉄壁の警備で守られているから安心して」

自信満々に告げられ、思わず言い返した。

「誰も来ないでしょうに」

「それはそうだろうけど、僕が前例を作っちゃったからね。あと、君を誰にも渡したくない気持ちを形にしてみたんだって言ったら、重いと思う？」

チラリとこちらを窺ってくるトラヴィスに微笑みを向ける。

思ったままを口にした。

「相手が好きな人だから、特に何も思わない……いいえ、よくやるなとは思うけどそれくらいよ」

トラヴィスがそれで気が済むというのなら好きにすればいいのではないだろうか。

婚約式が始まる。

式を仕切るのは教会の司祭のようだ。聖職者らしく白一色の正装姿で神の像の前に佇《たたず》んでいる。

参列席には当然、父や弟の姿があった。マクリエ王子も来ている。

図太い神経の持ち主であるトラヴィスは、ウェスティア帝国にも招待状を送ったらしいが、さすがに参列してはいないようだ。

「神の名の下にふたりの婚約は認められました。さあ、証書にサインを」

神を讃《たた》える文言のあと、婚約証書が差し出される。それに迷うことなく署名した。

トラヴィスも署名を済ませ、婚約が滞りなく結ばれる。

次は半年後の結婚式だななんて考えていると、トラヴィスが「ルル」と私の名前を呼んだ。

「何？　……え」

横を向いたところを狙われ、軽く口付けられた。

初めてのキス。柔らかい唇の感触に目を見張る。

「へ……？」

予定にはないトラヴィスの行動に、参列者からどよめきが起きる。私は呆然としつつも顔が赤くなるのを隠せなかった。

「ト、トラヴィス……今の……」

動揺しすぎて声が裏返っている。ただ、嫌だとは思わなかった。ものすごく驚いただけ。

そんな私にトラヴィスは満面の笑みを向けてくる。

「誓いの口付けは結婚式でするものだけど、せっかくだから婚約式でもしたいなと思って。だって僕は今すぐにだって君に永遠を誓えるんだからさ」

凄まじく恥ずかしい台詞だが、彼が本気で言っているのはよく分かっている。私は頬を赤くしながら彼に言った。

「……驚いたわ」

「うん。吃驚させようと思って、敢えて言わなかったんだ。それに先に言ったら『嫌だ』って言われるかもしれないじゃないか」

それは避けたかったと告げるトラヴィスに呆れる。確かに事前に相談されていたら断っただろうが……故意犯すぎて溜息が出る。

「あのね……」

「愛してるよ、ルル」

真っ直ぐに告げられた言葉に思わず彼を見る。

私に手を差し出したトラヴィスはどこまでも真剣だった。

「この先色々なことがあると思う。心配を掛けることもあるかも。でも、僕の気持ちはいつだって変わらないし、君を大切にすると誓うよ。だから――僕を信じて」

「――ええ」

彼の口から紡がれる『信じて』の言葉に微笑む。

こう告げる時の彼のどこまでも真剣な顔が好きなのだ。

彼の手を取り、その頬に自分から口付けた。

再び参列者からどよめきが起きたが、知らない。

キスされたトラヴィスは嬉しげに笑うと、私を抱き上げた。

「えっ」

「ははっ……！　はははははっ！」

そうして笑い出したかと思うと、その場でくるくる回り出した。

「ちょ、トラヴィス……！　目が回るわ！」

「我慢して。だって幸せなんだ。ルル、君を愛してる！」

「……」

そんな風に言われたら、私だって返さなければならないだろう。

だから私も彼に聞こえるよう大きな声で言った。

「私も、私もトラヴィスを愛してる！」

ふたり顔を寄せ、口付ける。

みたび参列者からどよめきが起こったが、幸せいっぱいの私たちにはどうでもいいことだった。

あとがき

こんにちは。月神《つきがみ》サキです。

今回は副題『塩な王女とお砂糖王子』をお届けいたしました。

追いかけてくる甘々ヒーローを塩対応するヒロイン。私の性癖ですが書き終わってみると、ヒーローのトラヴィスがかなり独特な男になりました。

なんかめげないというか……妙にポジティブというか……。

こういうタイプの男は、目をつけられたら終わりなので、彼女は帝国にやってきたのが運の尽きです。

とはいえ、最後はハッピーエンドで終わったので、終わりよければすべてよしということで。

いやあ、作品って生き物なんだなと思う瞬間です。プロットを書いた段階では正直、こうなるとは思っていませんでした。だから書いていて楽しいのですけど。

皆様にも楽しんでいただけると嬉しいです。

今回、イラストレーター様は春野薫久《はるのたく》先生。

どんな感じになるのかなとワクワクしていましたが、カバーイラストを見て驚きました。

まさかこんな構図でくるとは思いませんでしたし、トラヴィスがとにかく可愛い‼

え、トラヴィスってこんな可愛い男だったの？　と大興奮。

ルルも戸惑いが溢れた表情で、彼女の心情をよく表していて素晴らしかったです。

春野先生、お忙しい中ありがとうございました。


さて、次回ですが、どんな作品にしましょうか。

一風変わった悪役令嬢ものを書きたい気持ちがあるんですけど、どうなることか。

プロットを考える段階で「やっぱりこれ！」となることも多いので、楽しみにお待ちいただければ。

次もテンポ良く書ければいいなと思います。

それでは今回はこの辺りで。

お買い上げありがとうございました！

月神サキ

こちら訳あり王女です。熱烈求婚されたので塩対応したのですが、王子が諦めてくれません！

著者　月神サキ
イラストレーター　春野薫久

2025年4月5日　初版発行

発行人　藤居幸嗣

発行所　株式会社 J パブリッシング
〒102-0073　東京都千代田区九段北3-2-5 5F
TEL 03-3288-7907　FAX 03-3288-7880

製版所　株式会社サンシン企画

印刷所　中央精版印刷株式会社

ISBN：978-4-86669-757-4
Printed in JAPAN